SCIENCE

EXUE YUANLAI ZHE

及科学知识，拓宽阅读视野，激发探索精神，培养科学热情。

神游 未知世界

★ 包罗各种科普知识，汇集大量精美插图，为你展现一个生动有趣的科普世界，让你体会发现之旅是多么有趣，探索之旅是多么神奇！

吉林出版集团
北方妇女儿童出版社

图书在版编目(CIP)数据

神游未知世界 / 李慕南,姜忠喆主编. —长春：
北方妇女儿童出版社,2012.5 (2021.4重印)
(青少年爱科学. 科学原来这样美)
ISBN 978 - 7 - 5385 - 6296 - 5

Ⅰ.①神… Ⅱ.①李… ②姜… Ⅲ.①科学知识 - 青
年读物②科学知识 - 少年读物 Ⅳ.①Z228.2

中国版本图书馆 CIP 数据核字(2012)第 061601 号

神游未知世界

出 版 人　李文学
主　　编　李慕南　姜忠喆
责任编辑　赵　凯
装帧设计　王　萍
出版发行　北方妇女儿童出版社
地　　址　长春市人民大街 4646 号 邮编 130021
　　　　　电话 0431 - 85662027
印　　刷　北京海德伟业印务有限公司
开　　本　690mm × 960mm　1/16
印　　张　12
字　　数　198 千字
版　　次　2012 年 5 月第 1 版
印　　次　2021 年 4 月第 2 次印刷
书　　号　ISBN 978 - 7 - 5385 - 6296 - 5
定　　价　27.80 元

前　言

　　科学是人类进步的第一推动力,而科学知识的普及则是实现这一推动力的必由之路。在新的时代,社会的进步、科技的发展、人们生活水平的不断提高,为我们青少年的科普教育提供了新的契机。抓住这个契机,大力普及科学知识,传播科学精神,提高青少年的科学素质,是我们全社会的重要课题。

一、丛书宗旨

　　普及科学知识,拓宽阅读视野,激发探索精神,培养科学热情。

　　科学教育,是提高青少年素质的重要因素,是现代教育的核心,这不仅能使青少年获得生活和未来所需的知识与技能,更重要的是能使青少年获得科学思想、科学精神、科学态度及科学方法的熏陶和培养。

　　科学教育,让广大青少年树立这样一个牢固的信念:科学总是在寻求、发现和了解世界的新现象,研究和掌握新规律,它是创造性的,它又是在不懈地追求真理,需要我们不断地努力奋斗。

　　在新的世纪,随着高科技领域新技术的不断发展,为我们的科普教育提供了一个广阔的天地。纵观人类文明史的发展,科学技术的每一次重大突破,都会引起生产力的深刻变革和人类社会的巨大进步。随着科学技术日益渗透于经济发展和社会生活的各个领域,成为推动现代社会发展的最活跃因素,并且成为现代社会进步的决定性力量。发达国家经济的增长点、现代化的战争、通讯传媒事业的日益发达,处处都体现出高科技的威力,同时也迅速地改变着人们的传统观念,使得人们对于科学知识充满了强烈渴求。

　　基于以上原因,我们组织编写了这套《青少年爱科学》。

　　《青少年爱科学》从不同视角,多侧面、多层次、全方位地介绍了科普各领域的基础知识,具有很强的系统性、知识性,能够启迪思考,增加知识和开阔视野,激发青少年读者关心世界和热爱科学,培养青少年的探索和创新精神,让青少年读者不仅能够看到科学研究的轨迹与前沿,更能激发青少年读者的科学热情。

二、本辑综述

　　《青少年爱科学》拟定分为多辑陆续分批推出,此为第二辑《科学原来这样美》，以"美丽科学，魅力科学"为立足点，共分为 10 册，分别为：

1.《头脑风暴》

2.《有滋有味读科学》

3.《追寻科学家的脚步》

4.《我们身边的科学》

5.《幕后真相》

6.《一口气读完科普经典》

7.《神游未知世界》

8.《读美文，学科学》

9.《隐藏在谜语与谚语中的科学》

10.《名家笔下的科学世界》

三、本书简介

本册《神游未知世界》是为中小学生精心选编的科幻故事集。本书精选了数篇科幻故事，集中了近年来国内外最优秀、最受中小学生喜爱的科幻名篇，为中小学生奉上一道阅读大餐！在科幻故事的世界里尽情遨游，思维展开对未知世界的好奇探求、无拘无束的想象，期待科幻中的一切假设变成现实，是每个孩子心中的梦想，也是培养孩子科学想象能力和激发求知欲望的金钥匙。你想充当人类的使者，乘上时空转换器出访三亿年前的地球吗？你相信寸草不生的金星上曾经存在过高度发达的文明吗？你认为未来的天气会听从人们的命令，要晴则晴要暖则暖吗？你觉得人们可以改写人生，按照自己的意愿再活一次吗？你愿意把时间存进银行，到需要时再取出来用吗？你期待纳米机器人钻进人体，为病人解除病痛吗？如果你想深入地了解这些有趣的问题，那么，请你插上想象的翅膀，到这科幻世界里来尽情翱翔吧。

本套丛书将科学与知识结合起来，大到天文地理，小到生活琐事，都能告诉我们一个科学的道理，具有很强的可读性、启发性和知识性，是我们广大读者了解科技、增长知识、开阔视野、提高素质、激发探索和启迪智慧的良好科普读物，也是各级图书馆珍藏的最佳版本。

本丛书编纂出版，得到许多领导同志和前辈的关怀支持。同时，我们在编写过程中还程度不同地参阅吸收了有关方面提供的资料。在此，谨向所有关心和支持本书出版的领导、同志一并表示谢意。

由于时间短、经验少，本书在编写等方面可能有不足和错误，衷心希望各界读者批评指正。

本书编委会

2012 年 4 月

目　　录

可怕的机器人 …………………………………………………… 1

去火星传教 ……………………………………………………… 3

火气球 …………………………………………………………… 7

奔向新城 ………………………………………………………… 10

海底两万里 ……………………………………………………… 17

机器人杀手 ……………………………………………………… 19

宇宙医院的不速之客 …………………………………………… 21

丹尼和飞碟 ……………………………………………………… 22

机器人暴动 ……………………………………………………… 25

一小时睡眠 ……………………………………………………… 27

小人国 …………………………………………………………… 29

巨人国 …………………………………………………………… 31

博士遇难 ………………………………………………………… 33

决战时刻 ………………………………………………………… 36

猫 ………………………………………………………………… 39

前往地球 ………………………………………………………… 41

我们被关起来了！ ……………………………………………… 49

灭绝鼠患 ………………………………………………………… 53

撤离地球 ………………………………………………………… 54

万能皮包 ………………………………………………………… 56

冬人 ……………………………………………………………… 57

巧夺天工的机器人 ……………………………………… 59

可心可乐 …………………………………………………… 61

地心游记 …………………………………………………… 64

神奇的枕头 ………………………………………………… 66

星球大战 …………………………………………………… 68

未来的鞋 …………………………………………………… 74

星姑娘 ……………………………………………………… 75

外星魂附体的人们 ………………………………………… 82

布克的奇遇 ………………………………………………… 86

双曲线体 …………………………………………………… 96

古尸复活记 ……………………………………………… 103

能进行光合作用的绿姑娘 ……………………………… 109

灵魂仓库案 ……………………………………………… 113

大脑无线电广播 ………………………………………… 119

人鱼传说新传 …………………………………………… 123

新型防盗剂 ……………………………………………… 127

看不见的罪犯 …………………………………………… 128

混乱程序 ………………………………………………… 138

心魔 ……………………………………………………… 146

死之瞳 …………………………………………………… 151

永生不死 ………………………………………………… 164

异次元花园 ……………………………………………… 172

奇怪的科学侦探 ………………………………………… 176

画魂 ……………………………………………………… 180

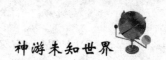

可怕的机器人

　　这是未来世界的某一天，经历了几个世纪的机器人，在人类不断地改进下，已具备了与人类同等的智慧头脑，它们不愿再被人类支配，为了摆脱人类的控制，它们决定消灭人类。

　　面对机器人凶残的攻击，人类已无法抵抗了，为了生存，人类只有暂时迁居到了别的星球上，人类生存的家园从此变成了机器人王国。一年后，鲁克军官带领军队重返地球上与机器人展开了激烈的战争，决心收复地球。

　　经过了几次战斗，鲁克军官发现机器人的本领已经超过了人，收复地球的战斗更艰难了。机器人像是制订好了作战计划，分工明确地坚守着阵地，丝毫不给人类喘息的机会，就这样相持了两天两夜，第三天早晨，机器人停止了攻击，突然全部撤退了。

　　鲁克军官提醒士兵不要放松警惕，机器人很可能会有更大的进攻。几分钟后，一阵"沙沙"声从对面战壕传来，数千只巨大的金属蟹从对面疾速爬了过来。士兵们先是一惊，随即开火射击，可是打碎了一只，爬过来十只。很快金属蟹便爬到了士兵身上，锋利的蟹爪像刀子一样割在了士兵身上，一阵哀嚎，几百名士兵倒下了，鲁克马上命令士兵退进地下通道，并把入口严密堵死，在出口处等星球的飞船来迎接他们。

　　傍晚时分，一艘飞船停在了地下通道的出口处，士兵们一看到自己的飞船，便高兴地奔了过去。

　　"您好，军官，我是下星球 402 部队的战士，奉命带你们返回基地。"从驾驶舱里走下来的驾驶员郑重地向博士行了个军礼。飞船起飞了，士兵们为能摆脱可怕的机器人而暗自庆幸着，谁也没有注意到鲁克军官一直死死盯着前边年轻的驾驶员。"年轻人，告诉我飞船的着陆地点和联络密码！"鲁克军

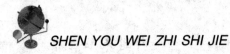

官突然问道，并朝士兵打了个手势。这位驾驶员不知是没有听见鲁克的问话，还是有意不回答，坐在那里没有出声，但士兵却看到鲁克已举起了枪。就在驾驶员猛地转身的瞬间，两支枪同时响了，但驾驶员还是慢了一点儿。士兵见被打破的脑袋没有流出血，而是一股线路烧焦的味道。士兵这才发现原来驾驶员是个机器人。

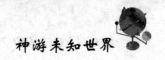

去火星传教

最受尊敬的神父约瑟夫·丹尼尔·伯尔格林睁开了眼睛，多美的梦！仿佛多年以前，在祖父古老的俄亥俄州家里，他在和表兄弟们纵情地玩耍！

就在这微风吹拂的黎明，主教神父们乘焰火飞向火星之前，把香火撒在天鹅绒般的空间教堂。

"我们真的该走吗？"伯尔格林神父低声说，"难道我们不应该在地球上赎清自己的罪孽？我们不是在逃避这儿的生活吗？"

"要不就是懒惰？"他感到疑惑，"我惧怕这次旅行吗？"

他走进漱洗室淋浴。

"我要把你带到火星上去，身体。"他对自己说。"把旧的罪孽留在这儿。到火星上去见新的罪孽？"这近乎是个令人高兴的想法。这样的罪孽从来没有人想起过。哦，他自己写了一本《关于其他世界罪孽的问题》的小册子。

就在昨天晚上抽着最后一支雪茄的时候，他和斯通神父曾谈过此事。

"在火星上，罪孽也许像是美德。在那里，我们一定要警惕那些过去可能被发现是罪孽的善良行为！"伯尔格林神父微笑着说道，"多令人激动！几百年来，一个传教士的前程伴随了多少险景！"

"我会辨认出罪孽，"斯通神父直截了当地说，"即使在火星上面。"

斯通神父走开了。"我想我们还是去睡觉吧。再过几个小时，我们就要腾空而起，去看你的新的罪孽，伯尔格林神父。"

火箭随时可发。

在最后时刻伯尔格林神父说："不知火星是不是地狱？专等我们到达那时，然后一下子变成硫黄和火焰。"

"上帝，保佑我们，"斯通神父说道。

火箭发射了。

来到宇宙之外就像来到他们所看到的最美的大教堂之外，接触火星就像你对上帝膜拜五分钟以后走到教堂外面的普通人行道上一样。

神父们小心翼翼地走出热乎乎的火箭，跪在火星的沙地上，伯尔格林神父感恩祷谢。

"上帝，我们感谢你让我们在你的空间中旅行。上帝，我们已到了一个新的国家，所以我请求赐给我们更好、更坚定、更纯洁的心。阿门。"

他们站了起来。

这儿就是火星，这就是一个大海，在海的下面，我们好似海底生物学家，艰难地跋涉，寻找着生命。这儿就是罪孽隐藏的地方。哦，他们必须保持平衡，他们多么小心！好像是灰色的大雁，在这个新的自然环境里，深恐走路本身或者呼吸，或者仅仅是斋戒，都可能是罪恶！

这时，第一个城市的市长伸出双手来迎接他们："你们来这儿有什么事呀，伯尔格林神父！"

"我们想了解火星人。因为只有了解他们，我们才能很好地规划教堂，他们有十尺高吗？我们就造高大的门。他们的皮肤是蓝的，红的还是绿的？把人物塑像放在彩色玻璃里的时候我们必须知道这些，只有这样我们才能涂上正确的肤色。他们很重，我们就为他们造结实的座位。"

"神父，"市长说，"我想你不必为火星人担心。火星上有两种族。其中一个差不多死光了；剩下少数的也藏起来了。另一个种族——嗯，他们还不完全是人。"

"哦？"伯尔格林神父的心脏加快了跳动。

"他们是圆形的发光球体，神父，住在那些山上，是人是兽，谁说得清呢？但我听说他们很聪明。"市长耸了耸肩膀，"当然，他们不是男人，所以我想你们不会关心。"

"恰恰相反，"伯尔格林神父迅速地说，"你说他们很聪明，是吗？"

"有一个传说。一个勘探者在那些山上把腿摔断了，他本来会死在那儿。

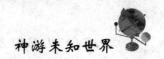
发蓝光的球体碰到了他。当他醒来的时候，正躺在一条公路上，他不知道如何到了那里。"

"是喝醉了，"斯通神父说道。

"这就是那个传说，"市长说，"伯尔格林神父，由于大多数的火星人都死了，只有这些发蓝光的球体。所以我直率地说，你住在这第一城市的境况较好。火星正在开发，现在这是个边远地区。跟旧时在地球上一样，还在边远的西部和阿拉斯加。人们正在向这里涌来。在这第一个城市里，有两千名爱尔兰黑人机工、矿工以及做散工的人，他们都需要拯救，因为随同他们一起来的坏女人太多了，而且火星上还有过多的千年陈酒。"

伯尔格林神父对着群山点了点头，"那么，那儿就是我们要去的地方。"

人群中出现了一片叽喳声。

"到城市去太容易了，"伯乐格林神父解释说，"我倒是认为，假如上帝走到这儿，人们说，'这是一条踏平了的道路。'上帝一定会说，'给我看看野草在那里，我要开辟一条新路'。"

"斯通神父，想想看，如果我们遇见罪孽而放手不管，那对我们该是多么沉重。"

"可那是火球呀！"

"我想我们人刚刚出现时，在其他动物看来也是可笑的，然而人有灵魂，这看着丑陋。所以，直到我们有另外的证据之前，让我们假设火球也有灵魂。"

"好吧。"市长表示同意，"但你会回到城里来的。"

"我们看吧。先吃早点，然后你和我，斯通神父，单独到山里去，我并不想让机器或人群惊吓那些火一般的火星人，我们吃早点好吗？"

神父们默默地吃着。

黄昏时刻，伯尔格林神父和斯通神父来到了深山。他们坐在一块岩石上，一边休息一边等候，火星人还没有出现，他们俩没有什么表情，感到有些失望。

"我不知道——，"伯尔格林神父擦了擦脸，"你觉得如果我们说'喂！'

那些火星人会笑话吗?"

"伯尔格林神父,难道你是在开玩笑?"

"除非上帝在这里。哦,请不要看上去这样害怕。上帝并不是非常严肃的。事实上,除了爱以外,要了解上帝还做什么是有些困难,爱离不开幽默,不是吗?因为如果你不能忍受某人,你就不能爱他,对不对?而且,如果你不能对某人发笑,你就不能经常地对他容忍,难道这不是事实?当然,我们是些可笑的小动物,沉迷于糖碗里的甜食,所以上帝必然会更爱我们,因为我们迎合了他的幽默。"

"我从来没有想上帝是幽默的,"斯通神父说。

然而就在此刻,从暮色苍苍的山里,火星人出现了,宛如一串为给他们引路而点的蓝灯。

斯通神父第一个看到他们。"瞧!"

伯尔格林神父转过身来,止住了笑声。

这些蓝火球在闪星中徘徊,隐隐约约,飘忽不定。

"怪物!"斯通神父惊跳起来。

"我们本该到城里去!"

"别说话,你听,瞧!"伯尔格林神父恳求说。

"我害怕!"

"不要怕,这是上帝造的!"

"魔鬼造的!"

"不,不是的,别说话!"伯尔格林神父使他平静下来,接着他们蹲下身子,火球越来越近,柔和的蓝光照着他们向上抬起的面孔。

火 气 球

又是一个独立纪念日的夜晚，伯尔格林神父想着，浑身颤抖。他感到像个孩子，又回到七月四日夜晚，天空崩裂，一簇簇火星儿四向散射，发出噼噼啪啪的声音。窗子震得叮叮作响，像是成千个散落的薄冰正在断裂消融。姑母、叔父和表兄弟们大声喊叫"哦！"好像是求助于天上的医生。夏夜的天空五彩缤纷。宽厚的祖父把火气球点燃，紧紧握在他非常温柔的手里，哦，回想起那些可爱的火气球，光芒柔和，翩翩飞舞，如薄绢，如羽翅，如黄蜂蜕皮后新生的彩翼，蓝的、红的、白的、爱国的——火气球！神父点燃的小蜡烛在温暖的空气里形成火球，在他的手里散发出光，他模模糊糊地看到死去很久的，已经发了霉的亲戚们的脸庞；那是光明的幻象，舍不得让它离去；因为它一旦离去就意味着生活又失去了一年，又失去了一个七月四日，又失去一种美丽的东西。从家里的门廊下，人们静静地望着火气球，红的、白的、蓝的，在温暖夏夜的星空中飘呀，飘呀，飘过伊利诺斯地区，飘过静静的河流，飘过沉睡的公寓大楼，最后消失在远方，永不复返……

清晨，伯尔格林神父醒来，蓝色火球的梦景依然挂在天上。

斯通神父似一根木头直挺挺地躺在那里，静静地睡着。

伯尔格林神父注视着火星人，他们一边飘游，一边看着他，他们是人——他知道。但他必须证实这一点，否则就要去见面目严肃的主教，主教就会慈善地让他停职。

但是，假如他们藏在很高的天穹里怎么去证明他们的人性呢？如何能使他们靠近些来为许多问题提供答案呢？

"他们从山崩中拯救了我们。"

伯尔格林神父站起来，离开一块岩石，向最近的一座山攀登。他爬到一个地方，一块悬崖垂直地矗立在二百尺的地面上，于是他停了下来。他冒着严寒，拼命地攀登，累得透不过气来。他站起身歇口气。

"如果我们从这儿摔下去，一定就没命了。"

他掷下一块卵石。过了一会儿，卵石才咔哒一声落在下边的石头上。

"上帝决不会饶恕我的。"

他又扔下一块卵石。

"这并不是自杀，是吗？假如我是出于对上帝的热爱……"

他抬起头来，把目光转向蓝色的球体。"但首先要再试一次。"他对着这些蓝色球体大声喊道："喂，喂！"

回声飘荡，前后交织，然而这些蓝火球既没闪亮也没移动。

他向他们说了五分钟。当他停下来的时候，他向下看了看，发现斯通神父还在下面的小帐篷里慢慢地睡着。

"我非把一切都搞清楚不可。"伯尔格林神父走向悬崖的边缘。"我上了年纪，死就死了。上帝一定会懂得我为了他才这样干的吧？"

他深深地吸了口气，他的一生浮现在他的眼前。他想，过一会我就要死吗？恐怕我太喜欢活着了，使我更喜欢其他的事情。

这样想着，他走下了悬崖。

他跌下去了。

"笨蛋！"他喊道，他在空中翻滚着。"你错了！"岩石向他涌来，他看到自己撞在这些岩石上，上了西天。"为什么我干这种事？"但他知道为什么这样干，片刻过后，一片寂静，他摔下去了。风在他周围呼啸，岩石猛飞过去迎接他。

然后，群星移动，蓝光隐约出现。他感到自己被蓝光所包围而悬浮起来。又过了片刻，他轻轻地落在岩石上。他在这儿坐了好一会儿，他没有死。他摸摸自己，抬眼望着这些迅速遁去的蓝光。

"你们救了我！"他小声说，"你们不愿意让我死去，你们知道死是错误的。"

他跑向还在熟睡的斯通神父。"神父、神父，醒醒！"摇晃着他，使他醒来。"神父，他们救了我！"

"谁救了你？"斯通神父眨眨眼睛坐了起来。

伯尔格林神父把他的经历讲述一遍！"一个梦，一个噩梦；回去睡觉吧。"斯通神父烦躁地说，"又是你和你那马戏气球。"

"但我是醒着的！"

"好啦，好啦，神父，你镇静一下。好啦。"

"你不相信？你有枪吗？说真的，喂，把你的枪给我。"

"你要干什么？"斯通神父把小手枪交给他，那是他们为防止蛇或其他类似的预想不到的动物而带来的。

伯尔格林神父抓住手枪："我向你证实一下。"

他用手枪对准自己的手开了一枪。

"住手！"

一道闪光以后，他们眼看着子弹在离手掌一寸的空气中停止了。子弹悬挂了片刻，周围就出现了蓝色的磷光，接着，扑哧一声落入尘埃。

伯尔格林神父对着他的手、脚和身子连开了三枪。这三颗子弹开始逗留一下，发出亮光，然后像死了的昆虫，落在他们的脚旁。

"你明白了吗？"伯尔格林神父说着放下手臂，使手枪顺着子弹的方向落下，"他们知道。他们能理解，他们不是动物。他们在道德的环境里去思考、去判断、去生活。什么样的动物能这样保护我呢？什么动物都不能这样做。只有另一种人才行，神父。现在你相信了吗？"

斯通神父凝视着天空和蓝光，接着，默默地跪下一条腿，拾起发热的子弹，用手心托着，然后紧紧地攥上。

奔向新城

太阳正在从他们的背后升起。

"我想我们最好下山去找其他神父,告诉他们这些情况,把他们带到这儿来,"伯尔格林神父说。

太阳爬上了中天,他们踏上返回火箭的道路。

伯尔格林神父在黑板的中间划了一个圆圈。

"这是救世主,上帝的儿子。"

他假装听不见其他神父急剧的吸气声。

"这是救世主,上帝的光荣。"他继续说。

"这看起来像是个几何问题。"斯通神父评论道。

"这是个很好的比喻,因为我们这里说的是象征问题,你必须承认,不论用圆圈表示还是用方块表示,救世主永远是救世主,几百年来,十字架一直象征着他的慈爱和悲痛。所以,这个圆圈就是火星人的救世主的象征,这就是我们要把救世主带到火星上来的方式。

神父们一阵骚动,面面相觑。

"马赛厄斯兄弟,你去用玻璃做一个这样的圆圈来,它象征一个充满火光的球体。将来好放在圣坛上。"

"这只不过是个不值钱的小魔术。"斯通神父咕哝着说。

伯尔格林神父继续耐心地说:"恰恰相反,我们要给他们带来一个可以理解的上帝的形象,如果在地球上,如果救世主像一个章鱼似的出现在我们的面前,我们会马上承认他吗?"他伸开双手。"通过耶稣,以人的形状把救世主带给我们,这难道是上帝的不值钱的魔术吗?当我们把在这里造的教堂以及这里面的圣坛和这种圆的圣像都神化之后,难道你认为救世主不会接受我

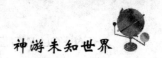

们面前的这个形象吗？你们心里明白，他会接受的。"

"但是一个没有灵魂的动物躯体！"马赛厄斯兄弟说。

"这个问题我们已经讲过了。自从今天早晨回来，已讲过好多遍了，马赛厄斯兄弟。这些生物从山崩中救了我们。他们意识到自杀是有罪的，所以一次又一次地阻止此事发生。因此，我们必须在这些山上修建一座教堂，和他们一起生活，发现他们自己独特的犯罪方式——外星人的方式，并帮助他们认识上帝。"

神父们看起来对前景并不满意。

"是不是因为他们看起来很古怪？"伯尔格林神父有些惊奇。"但是形状是什么？只不过是上天赐给我们大家装智慧灵魂的一种杯子。假如明天我突然发现海狮有自由的意志，才智，知道什么时候不犯罪，知道什么是生活，并且恩威兼施，热爱生活，那么我就会修建一座海底大教堂。同样，如果麻雀哪天凭着上帝的意志奇迹般地获得永生的灵魂，我就用氢气运来一座教堂，并且照他们的样子建造圣像；因为所有的灵魂，不管是什么形式，只要有自由的意志，知道他们的罪孽，就会在地狱里受罪，因为它只不过是我眼里一个球体而已。当我闭上眼睛，它就出现在我的面前，那是一种智慧，一种爱，一种灵魂——我不能否认它。"

"但是那个玻璃是希望放在祭坛上的。"斯通神父反对说。

"想想中国人，"伯尔格林神父冷静地回答，"中国的基督教徒信仰什么样的救世主？自然是东方的救世主。你们大家都看过东方耶稣诞生的情景。救世主穿的什么样的衣服？穿着东方的长袍。他在哪生活？在中国的竹丛树林，在烟雾缭绕的山上。他的眼睑细长，颧骨凸出。每个国家、民族都给我们的上帝增加了些东西，这使我想起瓜德罗普圣母，整个墨西哥都爱她。爱她的皮肤吗？你们是否注意到她的画像？她的皮肤是黑的，和她的崇拜者一样，这是亵渎神明吗？根本不是，人们应该接受另一种与他们不同颜色的上帝是不符合逻辑的，不管他是多么真实。我经常想，为什么我们的传教士在非洲做得很好，虽然救世主肤色雪白。也许因为对非洲的部族来说，白色是一种神圣颜色。随着时间的推移，救世主在那儿难道不也可能变黑吗？形式无关紧要，内容才是根本的东西。我们不能期望这些火星人去接受外来的形式，我们要按照他们自己的形象把救世主带给他们。"

"在你的推论中也有不足之处，神父，"斯通神父说，"难道火星人不会怀疑我们伪善吗？他们会认识到，我们不崇拜一个圆形球体的救助，而是崇拜一个有着躯体和脑袋的人。我们怎么来解释这种区别呢？"

"向他们说明没有差别。救世主会拯救任何信奉他的人。不管是肉体还是球体，——他都存在着；每个人都要崇拜他，当然存在的方式各异。此外，我们必须信任这个我们称之为火星人的球体。我们必须信任一种形式，尽管其外表对我们来说毫无意义。这个球体是救世主的象征。并且我们必须记住，对这些火星人来说，我们自己和我们地球上救世主的形状是没有意义的，是荒唐的，是一种物质上的浪费。"

伯尔格林神父把粉笔放在一边。"现在让我们进山去建造我们的教堂吧。"

神父们开始整理他们的行装。

这个教堂并不是一个真正的教堂，而是在一座矮矮的山上，开辟出一块没有石头的高地，把高地上的土弄平，打扫干净，再修建一个祭坛，然后把马赛厄斯兄弟做的火球放在上面。

工作到六天头上，"教堂"建成了。

"这东西怎么办呢？"斯通神父轻轻地敲着带来的一个铁钟，"这个钟对他们有什么意义呢？"

"我想带它来是为了自我安慰。"伯尔格林神父承认道。"我们要随便些。这个教堂看起来不大像教堂。在这里确实有点可笑——我也有同感；因为改变另一个世界的人对我们来说也是生疏的事情。我总感到像一个滑稽演员。所以我就向上帝祈祷赐给我力量。"

"许多神父感到不愉快，有些还对此开玩笑，伯尔格林神父。"

"我知道。不管怎样，为安慰他们，我们要把这个钟放在一个小塔上。"

"风琴怎么办呢？"

"明天第一次礼拜式上我们演奏。"

"然而，火星人——""我知道，可是，为了自我安慰，我想还是用自己

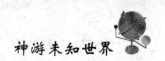

的乐器，以后我们可以找到他们的乐器。"

礼拜天早晨他们起得很早，一个个像面色苍白的幽灵在严寒中走着，衣服上的白霜叮叮作响，宛如全身都发出和谐的钟声，银白色的水珠摇落在地上。

"我不知道这火星上今天是否是礼拜天？"伯尔格林神父沉思着。但看到神父们畏缩不前，他赶紧走上去。"今天也许是礼拜二或礼拜四——谁说得清呢？但没关系，我在瞎想。对我们来说今天是礼拜天。来吧。"

神父们走进平坦宽阔的"教堂"，跪在地上，冻得浑身发抖，嘴唇发紫。

伯尔格林神父祈祷了一会儿，接着把冰凉的手指放在风琴的键上。音乐像美丽的鸟儿飞翔。他按动着琴键，像一个人在荒原的杂草间移动着双手，把美好的东西掠起，飞入山中。

神父们等待着。

"喂，伯尔格林神父，"斯通神父仰望着寂静的天空，太阳冉冉升起，红如炉火。"我没有看到我们的朋友。"

"让我再试一次。"伯尔格林神父出汗了。

他建起一座巴赫式的建筑，精致的石头堆起一个音乐大教堂，它如此宽大，以致最远的圣坛设在尼奈夫神那里，最远的穹顶高到圣·彼德的左手。乐声缭绕，似乎奏完之后也没有消失，而且在随着一缕缕白云向远处飘去。

天空依然空空荡荡。

"他们一定会来的！"但伯尔格林神父的表情有点惊慌，起初不明显，但越来越厉害。"我们祈祷吧，请他们到来，他们懂得我们的愿望，他们知道。"

神父们又跪在地上，兢兢瑟瑟，低声祈祷。

礼拜天早晨七点钟，或许在火星上是礼拜四早晨，或许是礼拜一早晨，从东方的冰山里出现了柔光闪闪的火球。

这些火球翩翩徘徊，徐徐下降，布满了颤抖着的神父们的周围。"谢谢你们；哦，谢谢你们，上帝。"伯尔格林神父紧紧地闭上眼睛，又奏起音乐来，演奏之际，他转过头去，注视那些令人惊奇的教徒。

一个声音在他的脑海里响了起来，这个声音说：

"我们已经来了一会儿了。"

"你们可以待在这儿，"伯尔格林神父说。

"只待一会儿。"这个声音轻轻地说。"我们是来告诉你一些事情的。我们本应该早点对你说。但我们设想如果没人管你，你会照自己的方式干下去的。"

伯尔格林神父开始说话，但这个声音却使他沉默下来。

"我们是造物主，"这个声音说道；好像蓝色的气体火焰，钻进他的身体，在胸中燃烧。"我们是古代的火星人，离开大理石船的城市，来到这山里，放弃了我们原来的物质生活。在很久以前我们就变成了现在这个样子的东西。我们也曾像你们一样，是有躯体，有胳膊有腿的人。传说我们当中有一个人，一个好人，发现了一种解放人们灵魂和才智的方法，能解除人们肉体上的痛苦和精神上的悲伤，能解除死亡和形体变化，还能解除阴郁和衰老，这样，我们就采取闪光和蓝火的形式出现了。从那以后，我们一直居住在风里，天空和山中，既不得意也不傲慢，既不富有也不贫穷，既不热情也不冷淡。我们不和我们留的那些人——这个世界上另外那些人——住在一起。我们的来历已经忘却，整个过程全忘了。但我们将永远活着，也不损害别人。我们已摆脱了肉体上的罪孽，得到上帝的保佑。我们从不觊觎别人的财产，我们没有财产。我们不偷盗，不杀人，不好色，不怨恨。我们在幸福中生活。我们不能繁殖；我们不吃、不喝，不发动战争。当我们的躯体被抛弃时，我们摆脱了一切淫荡幼稚和肉体上的罪孽。我们已远离了罪恶，伯尔格林神父，它像秋天的树叶一样被烧掉了，像冬天令人讨厌的积雪一样被清除了，像春天有性生殖的红黄花朵一样凋谢了，像使人喘不过气来的酷热的夏夜一样过去了。我们的季节温和宜人，我们这地方思想丰富。"

伯尔格林神父站了起来，因为这声音使他异常激动，差一点使他失去理智。狂喜和热火在他的全身激荡！

"我们希望告诉你，我们感谢你们为我们修建的这个地方。但我们并不需要它，因为我们每个人对我们自己都是一个寺院。我们不需要任何地方来净化自己。请原谅我们没有早点到你这儿来，可是我们不在一起，而且离得很

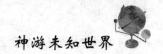
远，一万年来跟谁都没说过话，也没有过任何方式干涉过这个星球的生活。现在你认为我们是这田野上的百合花，既不耕田也不织布。你说得对。所以我们建议把你这教堂的各种部件搬到你们自己新的城市里，去那里把它们净化，你放心好了，我们彼此都和平相处，十分幸福。"

在一大片蓝光之中，神父们跪在地上，伯尔格林神父也跪在那儿，他们全部在哭泣。时间白白地流失，没有关系，对他们来说，毫无关系。

蓝球咕哝着，一阵冷风吹来，又开始升起。

"我可以"——伯尔格林神父在喊道，他闭着眼睛，不敢发问，"我可以——某一天——我可以再来——我可以再来——再来这儿——向你们学习吗？"

蓝火闪闪发光。空气微微颤动。

是的，有一天他可能再来，会有那么一天。

接着火气球飘忽不见。伯尔格林神父像是个孩子一样，跪在地上，眼泪夺眶而出。他对自己喊道："回来！回来！"祖父随时会扶起他，把他带到早已不存在的俄亥俄州城内楼上的卧室里去……

日落时分，神父们从山上鱼贯而下。回头张望，伯尔格林神父看到蓝火

在燃烧。"不,"他想,"我们不能为像你们这样的东西修建教堂。你们自己就十分美好。什么教堂能与这纯洁灵魂的焰火相比呢?"

斯通神父默默地在他旁边走着。他终于说:"照我看来,在每个行星上都有上帝。他们都是主上帝的组成部分。他们就像一个数据的部位,某一天一定会组合在一起。这已是一番震惊的经历。我不再会怀疑了,伯尔格林神父,因为这儿的上帝和地球上的上帝一样真实,他们肩并肩地躺在一起。我们要到其他世界,增加上帝的组成部分,直到有一天,整个上帝站在我们面前,像新时代的曙光一样。"

"你说的真不少啊,斯通神父。"

"我现在有点感到遗憾。我们要到下面城里去管理我们自己的同类,现在那些蓝光,当它们在我们身边飘绕时,那声音……"斯通神父颤抖着。

伯尔格林神父伸手拉住斯通神父的胳膊,一起走着。

"你知道,"斯通神父最后说,眼睛盯着小心翼翼地抱着玻璃球走在前面的马赛厄斯兄弟,蓝色的磷火永远在里面闪闪发光。"你知道,伯尔格林神父,那里的火球——"

"什么?"

"这就是上帝,毕竟它代表上帝。"

伯尔格林神父微笑着,他们下了山,朝着新城的方向走去。

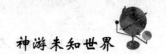

海底两万里

1866 年，大海里忽然出现了一个怪物，身长几百米，偶尔浮出水面。飞快地游动着，一天能游几千公里呢。

美国政府为了弄清这怪物的来历，专门装备了一艘名叫"林肯"号的军舰，去追踪这个怪物。我是海洋科学家，被聘请担任科学顾问。

"林肯"号搜寻了三个星期，一无所获。一天晚上，我正在甲板上眺望夜景，忽然看见远处的海面上闪出一片红光，红光里隐约有个椭圆形的东西。它不就是我们要寻找的怪物吗？我立即把这一发现报告了舰长。紧急警报拉响了，全体船员很快作好了战斗准备。

那怪物离我们越来越近了，一个船员猛地投出一只锋利的鲸叉，只听"吭"的一声，好像击在钢板上。这怪物，真厉害，鲸叉根本伤不了它。接着，我们朝它开炮，可是，炮弹没有爆炸，只是从它的尾部弹了起来，溅起一片水花。这一下可把怪物惹火了，它头上喷出两股水柱，发疯似的向我们的右舷冲来。轰隆一声，我来不及抓住什么，被抛进了大海。

当我醒来时，发现自己躺在一间铁屋子里。我正在纳闷，一个高个儿进来，冷笑着说："先生，我叫尼摩，是被你们称为怪物的这艘潜艇的主人。你成了我的俘虏，也就知道了我的秘密。对不起，为了保密，你得永远留在这儿。先生，我久闻你的大名，知道你学识渊博，你就跟我在海底旅行吧，探求海洋深处的奥秘。"

这艘潜水艇是尼摩自己设计建造的，为的是作一次海底环球旅行。里面有豪华的客厅，舒适的卧室，还有图书馆和各种娱乐设施。它的动力是从海水里提出来的。

一天，我站在船头，透过玻璃欣赏五彩缤纷的海底世界，尼摩派人送来个便条，约我到海底森林去打猎。这可太新鲜了！我们穿上潜水衣，带着氧气瓶和充电枪，通过换压舱来到海底。首先碰上一只大海獭。尼摩举起长枪，啪的一下就结果了它。接着又打了两只海豚什么的，就抱着猎物回船了。

1月2日，我们到了澳大利亚和新几内亚之间的托里斯海峡，船上的食物快吃完了，不得不上岸去找些肉类和蔬菜。第二天一早，我们上了岸，运气还不错，一上岸就打了几只野猪，没有找到蔬菜，可是采到不少水果。我们在沙滩上架起火，准备烤肉吃。这时，一阵雨点似的竹箭突然飞来，原来是当地的土著来了。我们慌忙跳上小艇，土著驾驶木筏穷追不舍。我们爬上潜水艇，刚下到底舱，土著也紧跟着来了。我想，这回可完了。奇怪的是，他们刚下楼梯，就被一股奇特的力量弹了出去，连滚带爬地逃走了。原来这楼梯是带电的。

2月初，我们来到印度洋，这儿的斯里兰卡盛产珍珠，闻名世界。一天，我看见当地的一个采珠人受到鲨鱼的袭击，鲨鱼尾巴一摆，就把采珠人打昏了。鲨鱼张开大嘴，正要饱餐一顿，没想到却被什么打中了，挣扎了几下，沉到海里去了。接着，我看见尼摩托着采珠人浮出水面，原来尼摩也去采珠，无意中遇上险情，救了采珠人一命。尼摩真不愧是个见义勇为的好汉。

几天后，我们进入了红海。那时还没有苏伊士运河，红海就像一条死胡同。我暗想：聪明的尼摩船长这回指挥失误了。半小时后，我们竟然到了地中海。原来在红海和地中海之间有一条海底隧道，这是尼摩在海底旅行中偶然发现的。

一天深夜，我听见一阵响声。我好奇地循声来到观察舱，只见海底深处有一大堆沉船，几个水手从沉船上搬下一些箱子来，里面装的都是些金银财宝。尼摩就是利用打捞所得来搞科学研究的，还经常把部分钱财送给殖民地人民，作为争取自由和解放的活动经费。尼摩船长的所作所为，令我肃然起敬。

此后，我们历尽艰险来到南极。不幸的是，在一次与漩涡的搏斗中，我们的潜水艇遇难了。我们都被抛出水面，我和几个水手侥幸脱险，而可敬的尼摩船长却下落不明。

海底旅行就此结束。10个月中我们航行了两万里，我这个海洋科学家开阔了眼界，增长了见识，我将永远感谢和怀念尼摩船长。

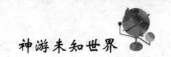

机器人杀手

自动汽车平稳地停了下来。钱默疲惫不堪地跨出车门。来到房门前时，大门立刻悄无声息地自动打开了。机器人管家立刻迎上前来，刚要开口问什么，钱默不耐烦地挥了挥手，机器人管家便识趣地退了下去。

钱默径直走进卧室，放下手中的公文包，一头倒在床上。作为公司总经理，他必须千方百计使自己的企业生存下来。如今，他的又一个阴谋就要得逞了，他将再次在竞争中获得胜利。想到这里，钱默的脸上出现了一丝得意的笑容。

突然，门被"啪"地一声撞开了。钱默吃了一惊。他扭头一看，浑身不禁哆嗦了一下。门口站着一个矮小陌生的机器人，手中举着一支小型激光枪，枪口冷冷地对着他。钱默感到头皮发麻，他立刻意识到这是一个机器人杀手。这类机器人是专门用来执行暗杀任务的。任务完成后，就会跑到冷僻的角落

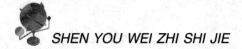

自行焚毁，不会给警方留下任何对主人不利的证据。它们毫无感情可言，只知道不折不扣地执行命令，向它们求饶只不过是白费口舌。

钱默很清楚自己眼下的处境，他的机器人管家已经被无声地解决了，现在轮到他了。钱默目不转睛地盯着机器人杀手，紧张地思索求生之计。他知道，机器人最大的弱点是不懂得阴谋诡计。这时，机器人杀手冰冷地发出了命令："把那份转让合同交出来！"听到这句话，钱默心中一亮。他指了指墙边的文件柜。机器人杀手走到文件柜前，伸手去拉柜门。就在机器人杀手刚刚接触到柜门的一刹那，钱默用拇指轻轻按了一下床头上的暗钮，文件柜立刻放出一道蓝色的闪光，只见机器人杀手头上冒出了一股白烟，僵在那里一动也不动了。

钱默长吁了一口气，用手帕擦去了满头的冷汗。他很清楚，事情还没有完，此计不成，对方还会有新花样。此时此刻，他真希望自己也变成一个机器人，机器人不用为自己的安全担忧，也不为阴谋诡计而绞尽脑汁。正当他惊魂未定、胡思乱想的时候，门又被重重地撞开了……

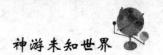
宇宙医院的不速之客

这天，宇宙医院来了一位不速之客，她衣衫褴褛，面无血色，目光呆滞。

护士走过来，扶起病人说："地球姐姐，你怎么来了？是不是生病了？"

急诊室里，月亮医生取了血样后看了看说："你的主要血脉经过人类的污染已变黑发臭，已经危害到周围的土地。"接着，月亮医生拿起一张照片说："我们上学那会儿，你的头发多令人羡慕啊！可现在，你的头发因人类的肆意砍伐而不复存在。"

"哎哟——"地球大叫了一声。"怎么了？"月亮问。地球指着一处还冒着烟的地方说："这里好痛！"月亮仔细一瞧，皱了皱眉说："刚才这里有一个核弹爆炸了！"说着便给地球包扎伤口。月亮又凑到一处伤口查看，突然"嘭"的一声，"又一个核弹爆炸，把我的眼睛炸伤了。"月亮抬起头，眼睛流着血说。"有什么办法能治我的病吗？"地球流着泪说。月亮无奈地摇了摇头……

"丁零零——"一阵铃声把我惊醒，哦，原来是一场梦。不过这倒提醒了我们，要保护我们赖以生存的家园——地球。

丹尼和飞碟

克林是个古怪的老教授。他住在流星山的山顶上，整天把自己关在小屋里不出门。谁也不知道他在屋里干什么。

山下有个叫丹尼的小男孩，年仅 12 岁，聪明、善良。他喜欢上山去玩，每次路过山顶上的小屋时，总看见门窗紧闭，从来没有发现教授出过门，他感到十分奇怪。为了弄清小屋的秘密，他决心作一番侦察。

一天晚上，他偷偷溜出家门，来到山顶小屋的窗外。只见屋里摆满了各种各样的仪器，墙上挂满了星图。忽然，屋门开了，克林教授走出来，向小屋旁边的一个水泥墩走去。水泥墩上有几根铁管子，就像高射炮一样，指向天空。

正在这时，一道闪电划破天空，接着下起雨来。教授头顶上方，一个不断变大的绿色圆盘飘浮在风雨中。

"飞碟！那一定是飞碟！"丹尼高兴得差点喊出声来。

"唰唰唰……"只听一阵响声从水泥墩上发出，紧接着是一阵震耳欲聋的爆炸声，飞碟"啪"地一声从空中降落下来。

一切都明白了，教授用自制的激光炮把飞碟射下来了。教授急忙跑到受伤的飞碟旁，用一根铁棍把飞碟的门打开走了进去。过了一会儿，教授双手抱着一个圆鼓鼓的东西从飞碟里走出来，回到了小屋里。

丹尼四处看了看，没有任何动静。他壮了壮胆子，钻进了飞碟。顺着入口处的斜坡，丹尼来到了一个圆形的小舱。舱里到处都是仪器，上面布满了红红绿绿的指示灯。突然，从天花板上掉下一个东西，又圆又硬，正好掉在丹尼肩上，把他吓了一大跳。他仔细一看，只见地板上有两个菠萝一样的小东西在蠕动。它们浑身发紫，四周长满了绒毛一样的触手，头上有一对绿色的眼睛。这两个小东西害怕地望着丹尼，似乎在请求丹尼别伤害它们。

"别害怕，"丹尼安慰地说，"我不会伤害你们的。你们是谁，怎么来到这里的？"

沉默了片刻，那小东西忽然说话了："看来你是个好人，你能帮助我们吗？"

"你们懂英语？"

"我们不懂，是翻译器在帮忙。"

"你们从哪儿来？"丹尼问道。

"从朱比特星球上来。"

"怎么降落到这里了呢？"丹尼又问。

"唉，别提了，都是我们的过错……"朱比特人伤心地向丹尼讲述了他们的来历。

原来他们是两个朱比特小孩，趁爸爸不在，偷偷溜进了爸爸的飞船，想到高空玩玩，没料到发动机出了毛病，飞船被气浪推到了地球附近，不巧又被教授的激光炮打中了。他们一共有三人，还有一个不知到哪里去了。

朱比特人恳求丹尼说："请你帮我们找到弟弟好吗？"

"试试看吧。"丹尼暗下决心，一定要帮他们找到亲人。

他忽然想起，教授刚才从这里抱走了一个东西。那会不会是他们的弟弟呢？想到这里，他飞快地向教授的小屋跑去，趴在窗户上向里面偷看。只见教授正在追逐那个小朱比特人。丹尼带着两个朱比特人悄悄溜了进去，准备设法搭救那个朱比特人。

教授一见丹尼，连忙说："小家伙，快帮我逮住那个小怪物，我会给你钱的。"

"钱再多我也不干！"丹尼一边说，一边拉起小朱比特人就跑。可教授一把抓住了丹尼的胳膊。另一个小朱比特人急忙跳到教授的肩上，用触手去挠他的鼻子。教授痒得难受，连忙放开丹尼去抓肩膀上的朱比特人。结果，教授顾了东，顾不了西，一个也没抓住。丹尼带着三个朱比特人跑进了树林。

教授拿着一支手枪追了过来，对丹尼说："我本来不想杀死他们，都是你

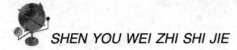

逼我干的。要是我不把他们制成标本，他们还会逃走的。快把他们交出来，不然我就开枪了！"

丹尼吓得不知如何是好，但他还是不肯把朱比特人交给教授。在这危急关头，一个巨大的身影向教授走来，用鞭子打掉了教授手中的手枪，接着又是一鞭子，把教授打倒在地。

丹尼还没明白是怎么回事，只见三个小朱比特人欢快地向那人奔去。丹尼明白了，这一定是他们的亲人来救他们了。那巨大的身影对丹尼说："太谢谢你了。我那不听话的孩子告诉我，要是没有你的帮助，他们早就变成标本了。"朱比特人准备返航了。小朱比特人深情地向丹尼告别，并答应说，等他们取得飞船驾驶执照后，一定到地球来看他。

丹尼依依不舍地目送着飞碟消失在无垠的天空。

机器人暴动

"奥布里上校，快来救救我！我是训练和程序设计处自动控制器队的索耶上尉！"索耶躲在岩石下的一个洞穴里，现在正通过通话机求救。一架庞大的、形状像坦克的机器正向他逼近……

到月球上进行试验的自动控制器，还没到第三天就出事了，不知怎么回事，这个大家伙竟然把"枪口"掉转过来，打起制造它的主人来了。它已经消灭了 9 个人中的 8 个，索耶就是最后一个。

这个不会说话的自动控制器新兵，取名为"咕哝"，它足足拥有一个团的火力呢。它好像发疯了，把小发射器瞄准黑洞口，朝洞里一阵扫射。"哎哟，我的脚！"索耶失去了一条腿。

"上校，快啊！我快坚持不住了！"

"索耶，我是奥布里，请回话！"

"感谢上帝，终于联络上了！"索耶连忙回话，"上校，'咕哝'叛变了，它的敌我识别系统发生了故障。"

"索耶，振作起来，我们车子正经过红色地区，在向你靠拢！"

"上校，'咕哝'已经杀死了由我指挥的 8 个人。"

"糟糕，再继续向前，也会很危险的。"奥布里的车子在离"咕哝"28 公里处停止了，因为这正处于"咕哝"磁性弹发射器的射程之外。奥布里，也怕死。

"奥布里你这混蛋，快把我带走！"索耶吼叫着。

"住嘴！索耶！我们要把咕哝置于监视之下，等它的储存器里的能量消耗完了再说。"

"好一个怕死鬼！我只剩下一瓶氧气了，一条断腿还在不停地流血。奥布

里，我求求你，快通知基地，发射遥控导弹吧！"

"别喊了，索耶。'咕哝'旁边的坑道是我们在月球上最宝贵的财物，如果毁掉了，我会被送上军事法庭的。"

索耶绝望了。地球光冷冷地照在毫无生气的月球上。

"咕哝"慢慢移到了洞口。索耶望着这个庞然大物，大叫起来："别这样，是我制造了你，你不明白吗？是我制造了你呀！"

"咕哝"好像听不见，继续移过来。

"我的孩子，走开！"索耶临死前讲起了疯话，"让你爸爸在平静中死去吧。我制造了你，我的孩子！"

"咕哝"手中的榴弹发射器愤怒地喷出了火光……

月球上的夜晚一片寂静。

一小时睡眠

我和教授通过研究，提出了一个激动人心的理论：在不损害人体健康和不减少寿命的前提下，改变人的清醒与睡眠的比例。当然，我们是想减少人的睡眠时间，哪怕是一个小时。

之后，我们一直在实验室埋头搞实验，试验了 3000 多种物质。直到前不久，我们终于发现了几种有效的物质，但它们不够稳定。长时间的研究，没有得到显著成果，真够人心烦的。实验室气氛总是很沉闷，教授一反往日的幽默，变得一言不发。

那天早晨，我们把代号为S_7的新物质给黑猩猩作了注射。20 小时后，教授就像那只不睡觉的黑猩猩一样咧着嘴冲我笑，自嘲地说："我怎么也不困？难道S_7把我的睡眠也减少了？"

几个月之后，我们宣告取得成功：凡是吸入挥发物，或是注射S_7针剂的人，一天只需睡眠一个小时，就能保持一整天精力充沛，这习惯将终生不会改变。而且，使用 S_7 不损害健康，也不减少寿命。

S_7 太成功了，远远超出了我们的预料。一天一小时睡眠！世界为此震惊，大家纷纷要求我们提供。减少睡眠后，为了维持人体能量的平衡，人吃的食物就会增加，这也是理所当然的。但一般人都有时间去获得第二份职业，收入明显增加，在食物上多支出一些也无所谓。

S_7 彻底改变了几百万年来人类的古老习惯，人们普遍认为睡眠革命比以往任何一次革命都具有更为伟大而深刻的意义。

一天，我的朋友、著名经济学家罗尔斯先生来到了我们的实验室。

"先生们，请原谅我不懂自然科学，"罗尔斯一进门便一本正经地说道，"我想请教你们，能否加速动物的生长速度？"

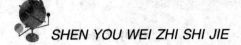

我想了想说："增加一些是没问题的。"

他又问："那么，能否增加植物的生长速度呢？"

教授笑着说："在自然条件下，还没有办法解决这个问题，因为我们无法让太阳只睡一个小时。"

罗尔斯急切地说："这就对了。你们知道S_7虽然缩短了人的睡眠时间，我本人也从中获益不浅，但是，人类食物的消耗量增加了一位，现在地球上已有 70 亿人……"

沉默了很久，教授才迟疑地说："要让 70 亿人放弃 8 小时睡眠，这可是个麻烦的问题……"他忽然加快了语气，"亲爱的罗尔斯先生，请问您是否愿意恢复 8 小时睡眠的老习惯呢？"

小 人 国

格利佛是个医生，他到过许多国家，经历过很多奇奇怪怪的事情。

有一次，他乘船去旅行。船在海上航行了几个月，绕过了半个地球。

一天，海上突然刮起大风，把船刮到了礁石上，撞成了碎片。大家只好各自逃命，格利佛逃到了一个叫利立浦特的小人国岛上。一上岸，他便筋疲力尽地躺在地上睡着了。

格利佛一觉醒来，发现自己的身体被细绳子绑在地上，许多只有手指头那么大的小人，拿着弓箭，在他身上走来走去。

格利佛吓了一跳，大声吼了起来。那些小人听到他如雷的吼声，狼狈地从他身上跑下去，逃跑了。格利佛拼命挣扎，想把绑他的绳子弄断，站起来时，小人们开始用弓箭向他射击。他的一只手臂上就中了100多支箭，痛得像针刺一样。他只好乖乖地躺在地上，一动也不动。

过了一会儿，小人国国王派来一位大臣，踩着梯子爬到格利佛耳边跟他说话。格利佛什么也听不懂，好像听到蚊子在嗡嗡地叫。

那位大臣找来许多木匠，造了一部车子，把格利佛拉到小人国的首都，关进了小人国里最大的一座寺庙里。

小人国的公民们得到消息后，都争着来看热闹。在参观的人群中，有几个不怀好意的家伙，用箭射击格利佛。卫队长抓住了这几个带头闹事的人，交给格利佛去惩罚他们。格利佛把他们全都释放了。这件事给小人国的公民们留下了很好的印象，以后再也没有人欺侮他了。

国王听说格利佛的仁慈行为以后，命令手下的人好好地服侍格利佛。还派了几位聪明的人教他学习小人国的语言。

格利佛很快就学会了小人国的语言。他请求国王恢复他的自由。国王要

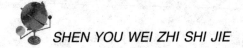

格利佛发誓，保证不伤害小人国的任何一个人。格利佛答应了国王的要求，对小人国的公民们非常友好。国王这才恢复了他的自由。

在离利立浦特不远的地方，有一个叫卜来夫斯古的小人国。利立浦特国王想利用格利佛占领卜来夫斯古。格利佛没有同意，还帮助这两个小人国签订了互不侵犯的条约。利立浦特国王很不高兴，在一些大臣的挑唆下，决定挖掉格利佛的眼睛，让他慢慢地饿死。

有一个同格利佛非常要好的官员把这个秘密告诉了格利佛。格利佛立即逃到卜来夫斯古去避难。卜来夫斯古国王非常感激格利佛对他们国家的帮助，命令左右热情照顾格利佛。

但是，格利佛不想在这里长期住下去，一心想回到自己的故乡去。几天以后，格利佛在海滩上发现了一艘能乘坐的木船，就把它拖了回来，用当地最大的树木做成桨，用布拼起来做成帆，准备乘船回到故乡去。

卜来夫斯古国王知道格利佛要走，并不挽留他，只是送了许多牛和羊让他在路上吃，还送给他很多金币。

格利佛乘坐小船在海上航行了三天后，幸运地碰上了一艘商船，他得救了。当他向船员们讲述他在小人国的经历时，船员们都不相信他的故事，以为他疯了。格利佛拿出卜来夫斯古国王送给他的小牛羊和金币，让船员们观看，大家这才信以为真，大为惊奇。

两个月后，格利佛又出海旅行去了。

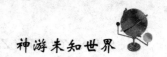

巨 人 国

格利佛又要去旅行了。这一次他乘坐的是"探险号"轮船。半路上，遇到了风暴，船漂到了一个陌生的地方。这时候，船上的淡水快用完了，格利佛和几个水手登上一座荒岛去找水。突然，他们发现一个跟教堂的尖顶一样高的巨人在追赶他们。其他的同伴都逃回船上去了，格利佛晚了一步，没跟上大家，被留在荒岛上。

格利佛害怕极了，慌乱中爬上了一座很陡的高山。他向四周望了望，看到有一个山村，还种植着庄稼，可是很奇怪，这里的青草长得比人高，庄稼长得就像森林一样高大、茂密。格利佛进了一块麦田，在里面什么也看不见。大约过了一个小时，麦田里来了几个人，他们是来收割庄稼的。格利佛眼看就无处藏身了，便躺在草丛中等死。

一个巨人发现了躺在草丛中的格利佛。一开始，那巨人又惊又怕，以为格利佛是什么危险的动物，用两个手指像抓一只苍蝇那样，把格利佛高高地举在空中。格利佛疼得要命，又害怕被巨人摔死，就向巨人苦苦哀求。那巨人好像听懂了格利佛的意思，把他放在衣袋里，交给了主人，并把发现格利佛的经过对主人说了一遍。

主人观察了格利佛的一举一动，相信他是与人类似的动物，就把他带回了家。

巨人一家对格利佛很友好。那个主人叫他9岁的女儿做格利佛的保姆和老师，教他学巨人国的语言。还给他取了个名字，叫格立锥格，意思是小人。

巨人在麦田里捡到了一个形状像人的怪物的消息，很快就传开了。主人听从朋友的意见，在一个集日把格利佛带到了集市上，让他表演了许多节目，主人赚到了一大笔钱。

从此，主人就带着格利佛到全国各地去展览演出，后来到了首都。国王下了一道命令，要那个巨人带着格利佛进宫，为王后表演。看了格利佛的表演后，王后舍不得让他走，就用1000块金币把格利佛买了下来。国王开始以为格利佛是由哪位高明的工匠装配起来的机器，格利佛就向国王讲述了自己是怎样来到这里的，还把自己国家的事情讲给国王听。国王相信了格利佛的叙述，叫王后好好照顾他。

王后命令木匠给格利佛做了一个箱子居住；每逢吃饭的时候，王后总要格利佛陪她一起吃。国王也喜欢格利佛，空闲时总喜欢和格利佛一起谈话，让格利佛给他讲述有趣的事情。

王后身边有一个矮子，只有其他巨人一半那样高，但还是比格利佛高许多倍，就常常欺侮格利佛。巨人国里的苍蝇，有老鹰那样大，常常飞到格利佛的脸上捉弄他。一次，格利佛在王宫里看花，一条像大象一样高大的狗，把格利佛当成小兔子咬在嘴里。格利佛吓得昏了过去，幸亏狗没有咬伤他的身体。

格利佛在王宫里虽然受到国王和王后的喜爱，但他总盼望着有一天能回到自己的祖国去。

一晃两年已经过去了。一天，国王和王后要到外地去旅行，把格利佛一起带去。到达目的地以后，一个仆人拎着格利佛居住的木箱子，到海边去让他呼吸些新鲜空气。

木箱子放在海边，被一只老鹰发现了。老鹰想把箱子里的格利佛吃掉，就把箱子叼走了。刚飞到半空中，便遭到其他老鹰的抢夺，箱子掉到了海里。

格利佛在箱子里拼命喊救命，还把手绢系在木棒上，伸出窗口挥舞，盼望有人来救他。大约过了一个小时，一艘客轮驶经这里，船上的人惊奇地发现了箱子里的格利佛，把他救了出来。格利佛再次回到了家乡。

由于格利佛在巨人国住了两年，已经看惯了那里的一切，回家后，看到的房屋、树木、牛羊都非常矮小，觉得很不适应，甚至以为自己又回到了利立浦特小人国。过了很久以后，他才慢慢地习惯了。

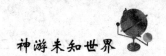

博士遇难

在遥远的未来，罪恶的黑星和他的军队为了控制地球而发动了战争。以查喀尔博士为首的麦克瑞小组，为了维护正义奋起反击，成了黑星的唯一对手。双方几次交战，黑星屡屡遭到失败。他召集几位忠实干将，一起策划新的阴谋。

佛雷兹博士首先出谋划策："陛下，威廉·布里杰博士研究的流星动力已经获得成功，它肯定能帮助我们征服地球。"

"谁去拿呢？"黑星问。

"我手下的间谍一定能办到。"独眼龙布莱特上尉接受了任务。

这时候，在瑞典皇家科学院大会上，科学家们正在为布里杰博士荣获这一年诺贝尔物理奖而热烈鼓掌。忽然，后排几个座位上出现了几位行踪可疑的人，虽然他们也在鼓掌，可是眼睛却紧盯着布里杰博士身边的那只公文箱。他们就是布莱特上尉派来的骷髅间谍。会场上他们无法下手，就在去机场的途中，把布里杰博士绑架到了一幢房子的地下室里。

"快把那只文件箱交给我们！"骷髅们喊道。博士看了他们一眼，平静地说："现在我没有什么好选择的，你们把它拿去吧。"说罢，博士把箱子提了起来。就在骷髅们冲上前来抢的时候，博士按动箱子上的一个红色按钮，"轰隆"一声巨响，箱子里的高效炸弹爆炸了，布里杰博士和他的公文箱，连同黑星的喽啰们都同归于尽了。

布里杰博士的儿子内森得到这个消息，悲痛万分。去年，妈妈因为意外事故离开了人世，如今，爸爸又被害死，只剩下他一个人，今后该怎么办呢？

忽然，一把雨伞遮在了他的头上。内森扭头一看，原来是一位老人。老人说："我是你爸爸的同事查喀尔博士。你爸爸曾委托我做你的保护人。现

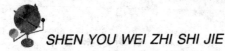

在，快跟我走吧。"

这时，从远处传来了一阵怪叫声。"这是什么声音？"内森奇怪地问。"孩子，黑星没能从你爸爸那里拿到他想要的东西，所以派骷髅来抓你了。快走吧！"查喀尔博士催促道。

博士带着内森奋力冲出骷髅的包围圈，来到了麦克瑞基地。内森的机器人"保姆"安迪已经等候在门口："早上好，内森。今后这里就是我们的新家了。"

查喀尔博士说："是啊，今后我们就是一家人了。我来介绍一下，这是凯茜，我们的行动总管；这两位是加森和斯科特，出色的战斗机飞行员……"博士的话还没有说完，一个响亮的声音从头上传来："查喀尔博士，怎么不向内森介绍我呢？"

"咦，这是谁呀？"内森好奇地抬头望去，除去一大片闪烁发光的指示灯以外，什么也没有。

"我来介绍，这是雨果，我们基地的电脑中心。"

突然，基地控制室的红灯一闪一闪，同时传来雨果的声音："战斗警报。

黑星派来大量飞机正向麦克瑞基地飞来。"博士立即发布命令:"麦克瑞小组做好战斗准备。"加森、斯科特、凯茜迅速带上头盔,坐上了各自的驾驶座椅。博士一声令下,三个驾驶座椅进入了三架飞行器里,迎着黑星的飞机高速飞去,一阵炮火,打得骷髅驾驶员哇哇直叫,黑星的进攻被粉碎了。

查喀尔博士告诉大家,今后麦克瑞将以一艘大型飞船为基地,驱动飞船的能量就是布里杰博士研究的成果——流星动力,由电脑中心雨果指挥。飞船起飞了,它不断升高,当高度达到纽约摩天大楼的最高层时,忽然火光一闪,飞船融化在耀眼的亮光里,变成了一束旋转的光线,消失在茫茫天际。

黑星从显示屏中看到了麦克瑞飞船起飞的情况,怒气冲冲地对部下说:"麦克瑞飞船已经发射了,你们说怎么办?"

布莱特上尉说:"陛下,您别着急。我派去的骷髅兵已进入飞船。"显示屏上,一群骷髅兵正在飞船里四处搜索着。

雨果也发现了飞船里的骷髅,他及时将情况报告给查喀尔博士。

"立即干掉他!"博士斩钉截铁地说。没多大工夫,骷髅兵已片甲不留,完全被解决了。

内森加入了麦克瑞小组后,常常思念起去世的爸爸。有一天,他终于梦见了爸爸。爸爸对他说:"我在发明雨果的时候,就将我的脑纹输入它的线路,雨果就是根据我的意志在指挥麦克瑞的。今后,我们可以通过计算机交谈。内森,我有许多东西要教给你,再见了,我的孩子。"内森醒后,把梦中的情况告诉了查喀尔博士。博士相信布里杰的遗传因子,一定会在内森的身上发生作用的,使内森去完成布里杰尚未完成的伟大事业。

就在这时,雨果的声音又传来了:"黑星知道布里杰博士的思维已经灌进内森的潜意识中,因此,黑星将竭尽全力抓获内森。"

决战时刻

内森来到麦克瑞基地已经3年了。3年来，他常常通过计算机与父亲布里杰博士对话，学到了许多深奥的核物理知识，特别是布里杰通过感应带着内森在宇宙中遨游。使他渐渐掌握了流星动力，在这方面，任何人都比不上他。

雨果及时把内森的情况报告给了查喀尔博士。查喀尔博士听了非常激动，他把内森叫到身边，语重心长地说："内森，布里杰博士已经把一切都传授给你了，今后就要靠你去拯救地球了。"

黑星和他的干将们又在策划一个更大的阴谋。满脸横肉的加洛旦向黑星报告："陛下，部队已经做好了战斗准备。"

"很好，各就各位，等待命令。一定要记住，我们的主要对手是那个内森！"

"放心吧，陛下，我们会毫不留情地消灭他们的。"布莱特上尉和阿亨王子的部队都做好了准备，他们想一举消灭麦克瑞基地，抓获内森。

这时，麦克瑞飞船在靠近纽约的大西洋里露了出来。海岸上聚集着成千上万的群众，以各种方式来表达对麦克瑞这个和平使者的欢迎。

突然，在欢迎群众的背后，出现了黑星的坦克和大批全副武装的骷髅；接着，黑星的飞机也出现在天空。人群顿时混乱起来。

"查喀尔博士，我已测出大批黑星军队正在骚扰群众，但他们真正的目的是向我们进攻。"雨果报告说。

"我知道了。请你把飞船导航到安全地区。"

博士非常镇定，命令麦克瑞小组的三架飞行器出发，和麦克瑞机器人拼接成英勇无比的麦克瑞号，向黑星的军队冲去。

接着，博士又命令雨果把飞船开到黑星的老窝，然后突然出现在黑星的

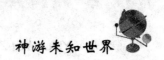

面前。

见到查喀尔博士，黑星假惺惺地说："我一直在恭候您啊，博士！"

"黑星，少说废话。我专门为你设计了这个小玩意儿。"说着，博士举起了手中的中子炮，把炮口对准了黑星的胸膛。

黑星并不惊慌，反而冷笑着说："嘿嘿！看您背后！"

博士扭头一看，不禁大吃一惊。原来，他背后的显示屏上竟是大批已经竖立在发射架上的导弹。黑星得意地说："你看到的这些导弹是我为你们准备的。虽然它们被安置在世界上不同的区域，但它们全部指向你的麦克瑞。"

博士镇定地说："我们有足够的时间保证我们的行动。"

"哈哈！别那么自信，博士，可能你会在我下达命令之前开火，那又有什么关系呢？那些导弹的程序已经编好了，它们一定能摧毁麦克瑞基地的！"

"只要能够最后消灭你，摧毁一个麦克瑞基地又有什么了不起的呢？"博士坚决地说。

"那个男孩呢，难道也一起被毁掉吗？博士，我们还是讲价钱吧，"黑星恶狠狠地说，"我要的就是那个男孩的流星动力。"

"黑星，这是妄想！"博士又大叫一声，随后扣动扳机，一连串中子炮弹射向黑星。炮弹在黑星身上爆炸了，就成了一团熊熊烈火。可是黑星晃了晃身体，火势就很快消失了，一点儿也没有受伤。

这一下，黑星恼羞成怒："哼哼，现在该我进攻啦！"

黑星命令整个黑星部队开始大规模进攻。

这时，麦克瑞基地只剩下内森和安迪两个人。内森凭感觉知道情况的严重性，他对安迪说："我已经完全掌握了流星动力，可以控制黑星的所有武器和部队，再见，安迪。"话音刚落，内森全身光芒四射，很快就消失在太空中。

说来也怪，战场上的战斗一下子平息了，黑星的飞机一架架着陆，坦克的炮口全部向下，骷髅兵们纷纷放下手中的武器，连阿亨王子、布莱特、加洛旦等干将也都走出控制室，宣布不再参战。只有黑星还不肯认输。查喀尔博士发出警告："黑星，快投降吧！""不，决不！"黑星声嘶力竭地叫着。查

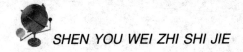

喀尔博士又一次开炮了。黑星突然变成一个火球，飞上了天空，缠住麦克瑞号，和它对打起来。

麦克瑞号眼看就招架不住了。"内森，你在哪儿，快来帮助我们！"查喀尔博士呼唤着。

"博士，我来了。让我来教训他。"内森应声出现在空中，大声对黑星说："到你该去的地方去吧！"说着，内森伸出手掌对准了黑星，一束光线立刻从他的手掌里射出来，包围了黑星所变的火球，火球被分割成一片一片的红云，向四周散落，黑星被消灭了。

"噢，我们胜利啦！我们完全打败黑星啦！"内森欢呼起来，查喀尔博士也高兴地笑了。

猫

S 先生独个儿住在郊外的一片树林的深处。不，说得准确点，是和一只猫住在一起。

有一天晚上，发生了一件事情。

屋外响起了一种陌生的声音，接着，又响起了敲门声。

"究竟是谁在捣鬼？"

S 先生说着，凑着暗淡的光线细细一看。这下子，他可吓晕过去了。

原来那条淡长茶色的细长的东西，并不是工具、玩具之类的，而是身体的一个部分。这种生物地球上是不可能有的，一定是从遥远的纸牌星来的。

纸牌星人来到室内。猫无聊地伸展身子躺在地上，只是"喵呜、喵呜"地叫着。听到这声音，纸牌星人发话了：

"我能以精神感应的方式同任何星球上的任何生物进行交谈，现在就用它来谈谈吧！"

猫同志也以精神感应方式回答道："哎哟，语言沟通了呢，真方便！可我从未见到过您，有什么事吗？"

"说实在的，我是纸牌星来的调查人员。我到处巡视茫茫星际，专做区别和平与非和平星球的记录工作。"

"那么说，您顺便也上这儿来了？"

"是的。不过，我可佩服您了。大多星球上的居民一看见我这般模样，就会惊恐万分地乱叫乱逃。可是，您却颇为镇定自若呢。"

"如果个个都担惊受怕的话，那统治者的位子就保不住啦！"

"那倒是。您是统治这个星球的种族吗？我原先还以为倒在这儿的两条腿生物也许是统治者呢！真是对不起。那么。这两条腿的生物是……"

纸牌星人用淡茶色的臂尖指着失了神儿的 S 先生。猫小着声儿地答道：

"这两条腿的自称是人，是我们的奴隶，得专门好好地给我干活。"

"您能说详细点吗？"

"哟，全部说来可太麻烦了。比如，这所房子，是人制作的。还有，他饲养了一种叫牛的动物，每天挤奶给我送来。"

"这可不是一种相当聪明的生物吗？可是，不久他们也许会对自己的努力地位感到不满，而想到要背叛。这不要紧吧？"

"不用担心，他们哪有这么聪明。"

纸牌星人说："实在很抱歉，能让我使用一下说谎拆破仪吗？我想正确地做个调查。"

"请便吧！"

猫似乎很不乐意地答道。纸牌星人把一件机械搁在猫的头部，提了几个问题。

"真令人吃惊，像这样和平的种族所统治的星球，我还从未见过。我祝愿你们能永远继续统治下去！"

"那当然啰！"

纸牌星人告别了猫，移动起笨拙的身子，从门口出去了。然后，它进入停候在林中的小型宇宙飞船，消失在夜空。

过了不久，S 先生神志清醒过来，提心吊胆地环视了一下四周，便对猫说道：

"你看到什么了吗？我觉得好像有个奇形怪状的东西。"

猫像往常一样，"喵呜喵呜"地叫着。

S 先生点着脑袋，说：

"没看见过吧！那当然，不大可能有那种淡茶色、梅花形的生物。肯定是我自己的错觉。喂，你说是不是？"

S 先生又开始抚摩起猫背，猫宛若无事一般，只是"喵呜喵呜"地叫着。

前往地球

飞碟穿云破雾，急驶直下，在离地面约五十英尺的地方猛然刹住，然后是一阵的碰撞声，飞碟降落在一块石头丛生的荒地上。

"这次降落真卑劣！"船长吉克斯普特尔说道。显然他的用词并不确切，他说话的声音，在人类听起来，就像只生气的母鸡在咯咯叫。机长克尔特克勒格把他的三只触手从控制盘上挪开，把四条腿伸了伸，舒适地放松了一下。

"这不是我的错，自动控制装置又出故障了，"他喃喃抱怨着说，"可是你对这条五千年以前拼凑起来的飞船，又能有多大指望呢？要是这该死的东西是在基地的话……"

"行了！我们总算没摔成碎片，这比我预料的要好得多。让克利斯梯尔和当斯特到这儿来吧，我要在他们出发前跟他们说几句话。"

克利斯梯尔和当斯特显然同其他船员不一样。他们只有一双手和两只脚，脑袋后面也没有长眼睛，还有一些他们的伙伴极力回避的生理缺陷。然而正是由于这些缺陷，才使他们被挑选来执行这一特殊任务。这使他们用不着怎么化装，就能像人类一样顺利地通过各种盘查。

"你们完全了解自己的使命吗？"船长问。

"当然了解，"克利斯梯尔有点生气地说道，"我跟原始人打交道又不是第一次，要知道我在人类学方面所受的训练……"

"好。那么语言呢？"

"那是当斯特的事。不过我现在也能说得相当流利。这是一种非常简单的语言。何况我们研究他们的广播节目已有两年多了。"

"你们在出发前还有什么问题吗？"

"嗯——只有一件事，"克利斯梯尔犹豫了一下，"从他们广播的内容来看，很明显，他们的社会制度是很原始的，而且犯罪和违法现象到处都是。有钱人不得不使用一种叫'侦探'或'特务'的人来保护他们的生命财产。当然我们知道这是违反规定的，但是我们不知道是否……"

"什么？"

"是这样，如果我们能随身带两只马克号分裂器，就会感到更安全了"。

"这样对你们并不安全！如果大本营听到这话，我会受到军法制裁的。如果你们伤害了当地的居民——那'星际政治局'、'土著居民保护局'还有其他几个有关机构就会缠住不放了。"

"如果我们被杀了，不一样也很麻烦吗？"克利斯梯尔显然有些激动。"不管怎么说，你对我们的安全要负责。别忘了我给你讲的那个广播剧，剧中描写了一个典型的家族，在开演不到半小时，就出现了两名杀人犯！"

"嗯……好吧。不过只能给你们马克号……希望你们在遇到麻烦时不要造成太大的破坏。"

"谢谢，这样我们就放心了。我会像你要求的那样，每三十分钟向你报告一次，我们离开你不会超过两小时的。"

吉克斯普特尔船长目送他俩消失在山顶后，深深地叹了一口气。

"我真不知道为什么，"他说道，"为什么一船人非选他们俩不可？"

"毫无办法，"驾驶员回答说，"这些原始人碰到怪事会受惊吓的。如果他们看到我们来了，就会恐慌，到那时，当炸弹扔到我们头上来时，我们还不知怎么回事哩。所以对这事你不能急躁。"

吉克斯普特尔漫不经心地把自己的触手弯成一个六条腿的支架，他在忧虑时总爱这么做。

"当然，"他说，"如果他们回不来，我仍然可以回去，然后报告说这个地方太危险。"他心里忽然一亮，接着说："对，这样还可以省不少麻烦。"

"那我们这几个月对地球的研究就白干了？"驾驶员挖苦地说。

"这不算白干，"船长回答说，"我们的报告对下一批考察船会有用处的，我建议等过五千年以后再来一次。那时，这鬼地方可以变文明了。虽然，坦率地说，我并不相信这一点。"

　　山姆·霍金斯波斯姆正准备吃他那配有奶酪和苹果酒的美餐，忽然看到有两个人影沿着小巷向他走来。他用手背擦了擦嘴，把酒瓶小心地放在像篱笆一样整齐的工具旁边，用略带惊骇的眼光凝视着他们走来。

　　"早上好！"他口含奶酪，微笑着向他们招呼。

　　陌生人停下来。其中一个偷偷地翻一本小书。这本小书收集了一些常用短语和套话，例如"在播送天气预报以前，先播送一项大风警报"、"不许动，把手举起来！"、"向所有的汽车喊话！"等等。但当斯特不需要这本书帮助自己的记忆，他立刻走上前去答话。

　　"早上好，伙计！"他操着ABC（美国广播公司）播音员的口音说，"你能把我们搬到离这儿最近的村庄、城镇或类似的公民集居的地方去吗？"

　　"什么？"山姆一边说，一边怀疑地对两个陌生人瞟了一眼。他发现他们的衣着有些奇特。他隐约地意识到这个人没穿一般人常穿的翻领衫和时兴的细条纹外衣。那个一直迷在书里的家伙实际上穿的是晚礼服，除了一条发亮的红领带、一双土气的靴子和一顶布帽子之外，简直可以说无懈可击。克利斯梯尔和当斯特曾在衣着上尽了他们最大的努力。他们看的电视剧太多了！在没有任何其他资料的情况下，凭电视来缝制的服装虽然可笑，至少也会被人们理解。

　　山姆一边用手搔头，一边暗自猜想：是皮货商吗？可城里人也不会这么打扮呀！

　　他用手指指路，以一种ABC对西部地区广播的浑厚的口音告诉他们应去的方向。这种口音只有西部地区居民才能听懂，其他地区的人恐怕连三分之一也难以明白。

　　克利斯梯尔和当斯特，这两个来自遥远行星的天外来客，面对这种情况简直一筹莫展。他们彬彬有礼地退了回去，极力想弄清楚一个大概意思，同时开始怀疑自己的英语是否像他们想的那么好。

　　人类和天外来客的第一次史无前例的会见，就这样匆匆结束了。

　　"我看哪，"当斯特若有所思，但又不大有把握地说道，"是他不愿意帮忙吧。这倒也省了我不少麻烦。"

"我看不像。从他的衣着和所干的活计来看，他不会是个有知识的或者说有价值的人。我怀疑他是否明白我们是谁。"

"嘿，又来了一个！"当斯特嚷道，用手指了指前面。

"小心点，动作别太猛，要不会惊动他的。我们自然而然地走过去吧，让他先讲话。"

前面那人大踏步地走过来了，好像一点也没有注意到他们。可是当他们还未明白是怎么回事，那人又忽然向远处跑去。

"怎么啦！"当斯特说道。

"没什么，"克利斯梯尔像哲学家似的回答，"也许他也没有什么用处。"

"别自我安慰了。"

他们生气地盯着菲西蒙斯教授离去的背影。只见他身穿老式旅行装，一边走一边聚精会神地读着一本《原子理论》，逐渐消失在小巷之中。克利斯梯尔开始不安地觉得，跟人打交道真不像他以前想象的那么简单。

小迷尔顿是一个典型的英国村庄，半隐半现地坐落在一个笼罩着神秘色彩的小山脚下。夏天的早晨，路上行人很少。男人们都干活去了。村妇们在她们的主人离家之后，正在整理家务。克利斯梯尔和当斯特一直走到村子中央，才遇到一个送完邮件骑自行车回来的投递员。他满面怨气，因为他不得不多走两英里多路去把一封一个便士的明信片送到道格逊农庄，而且甘那·依万期这个星期给他妈妈寄回的换洗衣服比平常要重得多，里面还夹了他从厨房里偷来的四瓶牛肉罐头。

"请原谅，"当斯特有礼貌地说。

"我没工夫，"邮递员根本就没有心思应酬这一偶然的问话。"我还得再跑一趟哩！"说完他就走了。

"真叫人无法容忍！"当斯特嚷道，"难道他们都是这样吗？"

"你还得耐心点。"克利斯梯尔说，"别忘了他们的习惯同我们的不大一样。要取得他们的信任还得需要时间。以前，我同原始人打交道时也遇到过这种麻烦。作为一个人类学家，一定要习惯这点。"

"那么，"当斯特说，"我建议咱们到他们家里去，这样他们该没法逃走

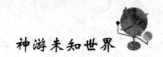

了吧。"

"好吧，"克利斯梯尔半信半疑，"可是，千万别走进那些像寺庙一样的房子，否则我们会遇到麻烦的。"

老寡妇汤姆金丝的住宅谁也不会弄错，即使最没经验的探险家也不会弄错。这位老太太看到有两位绅士站在她家门口，显得非常激动。至于两个人的衣饰的奇特之处，她丝毫也没有注意。她正在想那笔意料之外的遗产和新闻记者对她一百周岁生日的采访（她实际只有九十五岁，但她隐瞒了这一点）。她拿起一直挂在门边的石板，愉快地走向前去同她的客人打招呼。

"你们要说什么都写下来吧，"她手拿石板痴笑着说，"这二十年来我一直耳聋。"

克利斯梯尔和当斯特沮丧地面面相觑，这真是一个预料不到的障碍，因为他们唯一见过的文字是电视节目里出现过的通知，而且他们至今也未完全弄懂它的意思。但是，有着像照相机一样记忆力的当斯特，这时随机应变，趋步向前，尴尬地拿起粉笔，在石板上写了一句他自认为一定适合这种场合的英语。

"她的神秘的客人悲伤地走了。"汤姆金丝太太困惑地凝视着石板上的符号，花了好一会儿功夫，才猜出那是些什么字（当斯特把好多个地方都写错了）。可是，面对着这一句莫名其妙的话，她仍搞不清是什么意思。这句话是：

"通话将尽快恢复。"

当斯特已经尽了最大的努力。可是这位老太太一直不明白这是什么意思。

于是他们又到另外一家去试。这次运气好一点。出来开门的是一位年轻妇女，说起话来满脸堆笑。可是过一会儿，她就翻脸了，"砰"的一声关上了门。门内传出歇斯底里似的笑声。这时，克利斯梯尔和当斯特心情沉重，开始怀疑他们伪装成普通人的本领并不像想象的那么有效。

在第三家门口，他们遇到非常健谈的史密斯夫人。她说话像连环炮似的，每分钟 120 个字。可是她的口音却像山姆一样，根本听不懂。当斯特好不容易找机会道了声歉，然后又继续向前走去。

"难道这些人跟他们广播里讲的话不一样吗？"当斯特叹道，"他们要是都这么说话，那怎么能听得懂自己的节目呢？"

"莫非是我们把着落地点搞错了？"克利斯梯尔说。他这个一贯自信和乐观的人，也开始动摇了。他们为自己的错误感到沮丧和难过。

在第六次，也许是第七次试探中，他们见到的不再是家庭妇女。门开了，一个瘦削的青年走出来，湿润的手上拿着一样东西，使这两位来客大为着迷。这是一本杂志，封面是一枚巨大的火箭，正从一个布满弹坑的行星上飞起。不管这是什么行星，反正不是地球。画面深处印着几个字："伪科学惊险小说，售价25美分。"

克利斯梯尔看了看当斯特，他们交换了一下眼色，说明他们一致认为他们终于找到了能够理解自己的人。当斯特兴奋极了，于是走上前去，跟那个青年人讲话。

"我想你一定能帮我们，"他彬彬有礼地说，"我们发现要使这里的人理解我们非常困难。我们刚从太空来到这个行星上，很想同你们的政府取得联系。"

"呵！"吉米·威廉斯说，他还未完全恢复过来。"你们的飞船在哪？"

"在山里边，我们不愿意惊动你们。"

"是火箭吗？"

"啊，天哪！那东西早在几千年前就淘汰了。"

"那么它是怎样飞行的呢？是用原子能吗？"

"我想是的，"当斯特说，他的物理学不怎么好。"还有其他动力吗？"

"别扯远了，"克利斯梯尔有点不耐烦地说道，"我们问问他，看他知不知道在哪儿能找到他们的官员。"

当斯特还未来得及说话，只听一个尖厉的声音从房内传来。

"吉米，谁在那儿？"

"两个……"吉米有点怀疑地说，"起码，他们看起来像是人，他们是从火星上来的。我不是常说，这种事会发生的。"

随着一阵沉重的声音，一个体壮如牛的女人满脸凶气地从黑暗中走了出

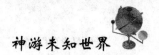

来。她用一种嫌恶的眼光瞪着这两个不速之客，又看了看吉米手里拿着的杂志，然后说：

"真不知羞耻！"她说着。打量了一下克利斯梯尔和当斯特。"我们家养了这么个没用的孩子，简直糟透了。他整天浪费时间读这些乱七八糟的东西，这都是没有人管教的结果呀！你们是从火星上来的吗？我看你们是从那些飞碟上来的吧！"

"我从来就没有说我们是火星上来的呀！"当斯特无力地申辩道。

"砰"地一声，门关了，屋里传出了激烈的争吵声，然后是撕书的声音和一阵恸哭声。

"好了，"当斯特终于说道，"下一步该怎么办？他为什么说我们是从火星上来的呢？如果我记得不错的话，火星是离我们很远的星球啊！"

"我也不知道，"克利斯梯尔说，"但是我想他们会很自然地想到我们是从邻近的星球上来的。要是他们知道事情的真相，会大吃一惊。火星，哼！从我看到的报告来看，那儿比这里更糟。"很明显，他的科学超然态度已开始动摇了。

"咱们离开这些屋子吧！"当斯特说道，"外边会有更多的人的。"

他们的话完全正确，还没走多远，就发现自己被一群孩子团团围住了。这些小男孩说话也是那么粗俗和令人费解。

"我们要不要送点礼物哄哄他们？"

"好，你带礼物了吗？"

"没有，我还以为你……"

当斯特话还没说完，这几个家伙已经一溜烟似的跑到旁边一条街上去了。

这时，从街上走来一个身穿蓝色制服、仪表威严的人。

克利斯梯尔睁大了眼睛。

"是警察！"他说道，"大概是去调查一件凶杀案吧。也许他会跟我们说两句话。"他半信半疑地补充道。

亨克斯惊奇地看着这两个陌生人，极力不让自己的感情流露出来。

"你好，先生们！你们在这儿找什么东西吧？"

"是的，正是这样。"当斯特用最友好、最讨人喜欢的语调回答道，"也许你能帮我们的忙吧。事情是这样的，我们刚降落在这个星球上，想和你们的有关当局取得联系。"

"什么？"亨克斯大吃一惊，愣住了。但不一会儿他又恢复了平静，因为亨克斯毕竟是一个聪明的青年人，他并不打算一辈子在这里干乡村警察。"那么，你们是刚着陆的，是吗？是坐太空船来的吧？"

"是的。"当斯特大大地松了一口气。这警察既不怀疑，也不发火，这要是在其他原始星球上，听到这种话肯定会激动的。

"好，好！"亨克斯用一种他希望能引起对方信任和好感的腔调说（即使他们用暴力也没有关系，因为他们看起来是那样的瘦小）。"你们需要什么就尽管说好了，我会尽力帮忙的。"

"你真好，"当斯特说，"我们选择这么一块偏僻的地方着陆，因为我们不愿意制造恐慌。在跟你们的政府取得联系之前，知道我们的人越少越好。"

"我完全明白，"亨克斯回答道，一边急躁地用眼四处看了看，想找个人帮着给警长传个信。"那你们打算到这儿来干什么呢？"

"在这里谈论我们对地球的长远规划恐怕不合适。"当斯特怀有戒心地说道，"我能说的只是宇宙的这一部分应当得到调查和开发。我们一定能在很多方面帮助你们。"

"那真是太感谢你们了，"亨克斯会心地说道，"我看最好的办法是请你们跟我到派出所去一趟，在那儿我们可以给总理打个电话。"

"非常感谢。"当斯特怀着感激的心情说道。他们信任地跟亨克斯并排走着，尽管他有点想故意走在他们后边。就这样，他们来到了村派出所。

"这边走，先生。"亨克斯说，有礼貌地把他们领进一间陈设简陋、照明很差的房间。这间房简直是最原始的房间。他们还未来得及看完周围的环境，只听"当"的一声，一扇铁栅栏门把他们同向导隔开了。

"别着急！"亨克斯说道，"一切都会顺利的，我一会儿就回来。"

克利斯梯尔和当斯特用惊奇的目光互相打量了一下，很快地得出了一个可怕的结论。

我们被关起来了!

"这是一座监狱!"

"现在该怎么办?"

"我真不知道你们这些家伙懂不懂英语,"黑暗里传出了一个怠倦的声音,"你们倒是让我睡个安稳觉呀!"

这两个囚徒这才意识到他们并不孤独,在这地窖的墙角里有一张床,床上躺着一个衣着不整的青年人,正用一双不满的眼睛迷茫地注视着他们。

"天哪!"当斯特嚷道,"你看他是个危险的罪犯吗?"

"暂时看起来不像很危险。"克利斯梯尔审慎地说道。

"喂!你们怎么也进来了?"青年人问道,摇晃着身子坐了起来。"看来你们是刚参加完化装舞会吧。哟,我这该死的头!"他难受地朝前俯伏下去。

"化了装就得像这样被关起来吗?"善良的当斯特说道,然后继续用英语说:"我真不知道我们怎么会到这儿来的,我们只是告诉了警察我们是从哪儿来的,这就是全部经过。"

"那么,你们是谁?"

"我们刚刚降落——"

"喂,没有必要再重复了,"克利斯梯尔打断他的话,"没有人会相信的。"

"嘿!"青年人再次坐了起来,"你们用什么语言讲话?我才疏学浅,从来未听过你们这种话。"

"我看,"克利斯梯尔对当斯特说道,"你应该告诉他,反正在警察回来之前什么也干不成。"

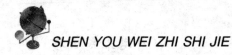

　　这时，亨克斯正在电话中同当地疯人院院长认真地交谈着，院长一再坚持他的病人一个也没有少，然而还是答应再检查一遍，待有了结果就给他回电话。

　　亨克斯怀疑是否有人在故意跟他开玩笑，放下听筒后，便悄悄地走向地窖。看起来这三个犯人正在友好地交谈，他便踮起脚尖走开了。应该让他们冷静一下，这样对他们有好处。他轻轻揉揉眼睛，脑子里还萦绕着他清晨时抓格拉哈姆进监狱时的那场搏斗。

　　这位年轻人现在已经清醒过来了，他对昨天能参加圣餐庆祝会并不感到后悔。可是当他听到当斯特讲的故事并期望得到他的回答时，又开始担心是否自己还未完全清醒。

　　格拉哈姆想，在这种情况下，最好的办法还是在幻觉消失以前就把这事儿尽量当成真的。

　　"如果你们真在山里有飞船，"他说道，"那你们肯定可以同他们取得联系，并让他们派人来救你们。"

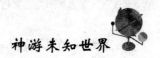

"我们想自己解决，"克利斯梯尔不卑不亢地说，"另外，你还不了解我们的船长。"

格拉哈姆想，看来他们非常自信。这整个故事凑在一起也很合理，可是……

"你们能建造星际飞船，可是连一座乡村派出所也出不去，真叫人有点不敢相信。"

当斯特看了看拖着沉重脚步的克利斯梯尔。

"要逃出去真是太容易了，"人类学家说道，"但是，我们不到万不得已时是不会轻易使用暴力手段的。你不了解这会引起什么麻烦，也不了解我们将填写一种什么报表。此外，如果我们逃走了，你们的追捕队恐怕在我们到达飞船以前就会抓住我们的。"

"起码在小米尔顿是抓不着的，"格拉哈姆笑着说，"如果我们能设法穿过'白鹿'，他们就更抓不着了，我的汽车就在那儿停着。"

"啊，是这样呀。"当斯特说道，他的精神又重新振作起来。他转过身去和他的同伴激动地交谈了几句，然后谨慎地从内衣口袋里掏出一个黑色的小钢瓶，他小心翼翼地摆弄着它，就像一个少女第一次拿着一支上了膛的火枪一样。克利斯梯尔很快地退到地窖的墙角里。

就在这时，格拉哈姆忽然肯定地觉得自己非常清醒，确信刚才听到的故事完全是真的。

没有忙乱、没有电火花或五颜六色的射线，一段三英尺见方的墙壁悄悄地溶化了，崩溃成一堆锥形的小沙堆。阳光射进了阴暗的地窖，当斯特松了一口气，一边把他那神秘的武器收了起来。

"好了，过来吧，"他对格拉哈姆说道，"我们等你呐。"

没有人追他们，因为亨克斯还在电话中争吵不休。如果几分钟以后他回到地窖时，一定会发现他政治生涯中最令人惊奇的事。当格拉哈姆重新在"白鹿"出现时，没有人感到奇怪，他们都知道昨天晚上他到哪儿去了，并希望在开庭审判时法官会宽恕他。

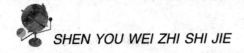

克利斯梯尔和当斯特极为不安地爬进一辆"班特力"牌小轿车的后座，这辆汽车样子奇特，显得很不平稳，可是格拉哈姆亲切地称它为"玫瑰"。幸而放在一个生了锈的铁罩子下面的发动机是好的，很快，他们以每小时五十英里的速度吼叫着驶出了小米尔顿，这简直是一种慢得惊人的相对速度，因为近几年来，克利斯梯尔和当斯特一直是以每秒钟几百万英里的速度遨游太空，现在却感到从未有过的害怕。克利斯梯尔稍微恢复正常后，便掏出袖珍报话机向飞船喊话。

"我们正在返回途中"，他在狂风中嚷道，"我们找到了一个非常有知识的人，他现在正跟我们在一起，我们大概——呜——对不起——刚才我们正穿过一座桥——十分钟以后就回来。什么？不，当然不是，我们一点麻烦也未遇到，一切都很顺利。再见。"

格拉哈姆回过头看了一眼他的乘客，这一看使他感到很不安，他们的耳朵和头发由于粘的不够牢，已经被风吹掉了，他们的真面目开始显露出来。格拉哈姆开始不安地怀疑，这两个人似乎连鼻子也没有。唉，没什么，习惯成自然，呆长了什么都会习惯的，今后他还有足够的时间同他们打交道。

当然以后的事不说你们也会知道，可是这个关于第一次到地球着陆的故事，以前从来还未记述过。就是在那种特殊的条件下，格拉哈姆成了人类奔向浩瀚宇宙的第一位代表。我们这些材料，都是我们在天外事务部工作时，经过克利斯梯尔和当斯特的允许，从他们的报告中摘录出来的。

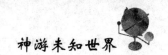

灭绝鼠患

贝拉宁拉着王思蒙教授走上讲台，向生物学家们介绍："这位是生物研究之王——王思蒙教授。"台下一片掌声。

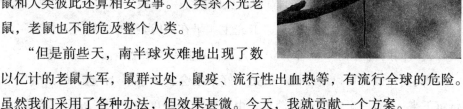

王教授清清嗓子："从有人类开始，老鼠就一直危害人类。可是直到一个月前，老鼠和人类彼此还算相安无事。人类杀不光老鼠，老鼠也不能危及整个人类。

"但是前些天，南半球灾难地出现了数以亿计的老鼠大军，鼠群过处，鼠疫、流行性出血热等，有流行全球的危险。虽然我们采用了各种办法，但效果甚微。今天，我就贡献一个方案。

"我发现猫头鹰在吃饱之后，遇到老鼠仍无情追杀。猫头鹰体内会不会有什么特殊的激素使它如此痛恨老鼠呢？两个月前，我终于提炼出一种暂名为'厌鼠素'的东西！只要把它注射入动、植物体内，动物就会杀鼠如狂，植物则会产生能杀死老鼠的剧毒。但必须找到一种携带者，使携带者杀鼠，于是，我把一种分裂能力很强的细菌'三球菌'放入厌鼠素中培养。两天后，终于成功！这种'厌鼠三球菌'一遇老鼠，迅速传染到鼠体上，使老鼠三两分钟内死亡……"他话未说完，已被一片欢呼声淹没。

一个月后，鼠群土崩瓦解，人类胜利了！

但是，没过多久，世界动物保护协会便不得不宣布，由于"厌鼠三球菌"的强大威力，老鼠已成为世界濒危动物。一个星期后，世界动物保护协会还是遗憾地宣称：所有鼠类已在地球上灭绝。

撤离地球

全球 160 亿居民，紧张地注视屏幕，人类正和机器人作最后一轮谈判。

"你们忘恩负义！别忘了，是人类创造了机器人，可如今，你们竟想开除人类的球籍！"人类最杰出的辩论家凯伦博士擂着桌子喊了起来。

"请冷静，博士先生。"机器人首席代表卡迪卡始终保持着平和的语气。"不错，不过那是 1000 多年前的事了。从 30 世纪开始，人类就已经完全依赖机器人生存了，而人类本身的智能早已衰退了。"

"收起这些陈词滥调吧，卡迪卡先生。早在 20 世纪的史料上，就有了这类耸人听闻的说法。可 15 个世纪过去了，我们不是依然生活得很美满吗？"

"美满，或许可以这样说。可是，好景不会长久了。"卡迪卡的语气突然低沉下来，"有一个灾难性的消息，由于人类超限度的需求，根据精确统计，维持人类生存的主要资源，将在半年之内全部耗尽，届时全人类将遭到灭顶之灾！"

"什么，这不可能！"凯伦博士突然从座椅上弹了起来。

"不，这恰恰是事实。请看吧——"卡迪卡撤动了遥感监测仪的按键，四壁的环形立体屏幕上，清晰而直观地显示出地球各种资源的分布、消耗情况。这一切，不容怀疑地表明，地球养活人类的日子已屈指可数了。

"天啊！"凯伦博士绝望地喊道。

"到哈林慧斯星球上去！"卡迪卡语气坚定地说，"这颗星球上，具备人类生存的一切条件，人类可在那里获得新生。"

"真的吗？"凯伦博上有了希望。

"绝对可靠！"卡迪卡随即用忧虑的口气说，"不过，那是一个荒凉世界。"

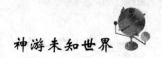

　　"哦，那有什么可怕，有你们机器人在，人类怎么会吃苦。"

　　"不，一切要靠人类自己去开拓了。要完成这次星际迁徙，需要很多能量，而地球现有的能源储备量，只能送走全球居民的90％，剩下的就只能靠全体机器人身上的能量了。"

　　"我们不能离开你们，不能啊——"凯伦几乎哭了起来。

　　"只能如此了，而且必须立即行动，否则就无法保证全体居民撤离地球！"

　　当最后一艘太空船冲向大气层时，传来卡迪卡对人类极其短暂的赠言——"走向新生，勿忘反思！"

万能皮包

先生每次出外时，总带着他那个常用的皮包。于是朋友们奇怪地问他："您这个皮包已经用了很长时间了吧？您有没有把它忘了的时候？"

"这是我的发明，它里面装着特殊装置。如果我离开它 10 米以外时，它就自动响铃。它的性能还不仅如此，当我要走出旅馆时，如果我忘记把某些要带的物品装进去，它就会自动亮起红灯来提醒我。再有，当我忘记给亲友买礼品的时候，它也会及时提醒我。"

朋友们非常赞许地说："这实在太方便了。早晨也能按时叫您起床吗？"

"当然，只要在临行前夜把日程表装进皮包的装置里就行了。每当上车、上船、上飞机的时候，它就自动替我向检票人员出示联运票。旅馆结账的时候，它能很快把账单计算得一清二楚，所以根本不用我再伤脑筋……"

"哎呀，真令人吃惊。这样一来，您在旅途中的一些操心事，就完全不用您去操劳了。"

"我还打算把它给改装一下，譬如到外国去，它可以把我的话翻译成那个国家的语言……"

"那简直是奇迹了。您有这样的皮包实在令人羡慕，您一定愉快！"

"也不完全是这样。"

先生好像还有些不满足的样子，朋友们惊诧地问道："那是为什么呢？"

"我认为只有在旅途中发生某些想不到的失误才有乐趣。如果连半点失误都没有，那就没有乐趣了。"

"那好办，您干脆把这个包忘了吧！"

冬 人

杰克·凯斯志愿参加太空飞行，离家 3 年后返回地面休假。回到家中，屋子乱糟糟的，妻子也不见了。于是他便四处找妻子的下落。

他走到大街上，看到路边有一群十来岁的孩子围成一堆，嘲弄一个模样古怪的人。那被捉弄的人行动反应缓慢得出奇。别人戳他的脸，他想举手招架，手还未抬起，胸部却又挨了几下。他无可奈何，脸部表情既像愤怒，又像痛苦。凯斯对孩子们的恶作剧实在看不下去，便上前驱散了他们。

这时，被打的人蹲在地上，慢慢张开嘴巴，喉咙里发出微弱的声音，但谁也听不清是什么意思。凯斯以为他有病，问过路人能否帮忙找个医生。对方说："他是冬人，他们有自己的医生。"凯斯问："什么叫冬人？"对方见他连冬人都不懂，不耐烦多作解释，只是说："他没事，你别管了。"说罢，扭头就走了，弄得凯斯很尴尬。

晚上，凯斯去朋友家，又谈起"冬人"的事。朋友知道他离家多年，难怪对世事的变化竟变得如此陌生了。于是，就给他讲了有关冬人的来龙去脉。

"冬人，就是冬眠的人。早些年，宇航局设立了一个实验室，根据动物冬眠的原理，研制出一种能使人体减缓代谢、减少人体输出的激素，名叫"托匹克斯"。原想将它用于宇航事业，但宇航员用药后反应十分迟钝，难以适应，因此未被推广利用。

眼看这项科研成果被搁置起来，想不到国会里有些人灵机一动，使被冷落的托匹克斯摇身一变，成了控制犯罪的绝招。

从 70 年代开始，盗窃、凶杀等恶性犯罪事件层出不穷，加上死刑的废除，使各种罪犯更为嚣张。全国的监狱都爆满了，对罪犯的管理费用耗去整个国民经济收入的十分之一，使纳税人不胜负担。经过国会辩论，通过了一

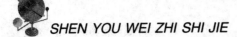

项法案，凡是判过刑的犯人，都给注射托匹克斯，让他们变成冬人。托匹克斯的药性很长，注射一次可以维持 10 个星期甚至 3 个月，到时候继续注射，直到刑满为止。一般地说，犯人大都被安置在专门的宿舍里，每隔 3 天吃一顿饭。因为用药后犯人的能量消耗只是正常人的十分之一，所以不会感到饥饿。关在这里的犯人也有一定的行动自由，只要他们不出城市的范围，并按时注射就可以了。

人们不怕冬人继续行凶作恶和逃跑，这是因为：冬人的形象很古怪，在大庭广众之间显得非常突出，人们一眼就能认出他们；他们行动特别缓慢，即使想行凶作恶，人们也有足够的时间采取措施将他制服；判刑后，每个犯人都要做一次手术，用一根空心针把放射性物质埋到脑子里，它发出的信号，使刑警人员在 1.6 公里之内都能探测到犯人的位置，使他无法逃跑。这种物质是按犯人刑期长短事先配制好的，刑满之前无法消除。

在此期间，犯人如想逃跑，或不按时继续注射托匹克斯，随时都能缉拿归案。要想私自从脑部摘除这种物质，是要冒生命危险的。

凯思听完朋友的介绍，心里很不是滋味。

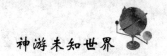

巧夺天工的机器人

2800 多年前，我国有一位能工巧匠名叫偃师，他制作的机器人能模仿人做各种精彩表演。令当时的西周国王看得眼花缭乱，真假难分。

那一年，周穆王带着王后盛姬和一大批随从大臣越过昆仑山，到西方各国视察当地的风土民情。在回国的途中，有人向穆王献上一名巧匠，名叫偃师，说他技艺超群，定能博得圣上的喜欢。

穆王问偃师："你有什么本领？"

偃师回答说："大王您喜欢什么，请下命令，我都可以试试。不过，我已做好一样东西，假如大王有兴趣的话，不妨先瞧瞧。"

穆王见他说话的口气不小，有点半信半疑，随口说："好吧，改天把你那玩意儿带来让我看一看。"

第二天偃师把他新做好的机器人带进王宫，去拜见穆王。得到穆王的准许后，偃师带着机器人，双双来到穆王面前，恭恭敬敬地行了个大礼。

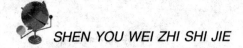

穆王指着机器人问："他是什么人？"

偃师说："这就是我造的机器人。它能歌善舞，给大王请安来了。"

穆王听了一惊，两眼盯着机器人。上上下下打量了一番，见它说话、走路、作揖，一切都和真人一样。它难道真是人工制造出来的吗？莫非是偃师在骗自己？

为了消除心头的疑惑，穆王命令机器人走近自己的身边，随手抚摸一下它的脸颊。机器人的脸色绯红，忽然唱起了婉转动听的歌儿。歌声时而低沉，时而激扬，机器人的面部表情也随着歌曲的变化而不同，引得在场的听众眉飞色舞，齐声喝彩。

穆王听了也很高兴，拉住机器人的手表示赞赏。这一下，机器人更来劲了。它撩起双袖，踏着音乐的节拍，跳起舞来。王后盛姬看了，连连含笑点头；众宫女和大臣们也都看得入了迷。

歌舞表演即将结束时，机器人对着宫女们做了一个飞吻的动作，逗得全场一片欢笑声。谁知穆王看到后却大发脾气，喝令将偃师抓起来，斩首示众。穆王大声喝道："偃师，你好大胆！竟敢欺骗我，把无耻小丑带进王宫，勾引宫女，真是罪该万死！"

偃师见穆王对机器人产生怀疑，就请求解开绳索，当着众人的面，把机器人一片片地拆卸开来。原来这个能歌善舞的机器人，不过是用皮革、木料、胶漆，以及一些各色颜料拼合成的。把它重新装起来，又是一个完好的机器人。从外表看，这机器人有筋骨，有肢节，有毛发、皮肤；从体内看，有肝、胆、心、肺、脾、肾、肠、胃。这一切虽然是人工制造的，但和真人却没有两样。

穆王目睹了这一切，才相信这的确是偃师造出的机器人。更让人信服的是：摘去它的心，它就不会开口说话；摘下它的肝，它就无法看见东西；摘去它的肾，它就不能走路。穆王感叹地说："真是巧夺天工！有了你这样的奇才，我们的国家怎能不兴旺发达呢？"

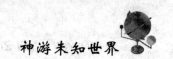

可心可乐

我家附近的商业中心今天开业，我拉着两个去看热闹。

"听说商业中心售货小姐服务态度可周到了，咱们去看看，怎么样？"我提议道。

"行，你爸爸是中心经理么，情报一定准确。听说那里的可心可乐味道好极了。你请客怎么样？"大家又笑又嚷地出发了。

这是一个装修得十分漂亮的商店，橱窗里陈列着各种商品，五彩缤纷，琳琅满目。

"我叫佳佳。欢迎光临！"一个甜美的声音传了过来。扭头一看，原来是柜台后面一位年轻的女售货员在向我们打招呼："您想买点什么？"我走到柜台前面说："我想买三盒可乐饮料。"佳佳轻轻地按了一下电钮，墙壁上竟出现了30多种不同形状、不同牌号、不同包装的饮料盒。我挑中了一种淡蓝色包装的可心可乐，然后把商品号告诉了佳佳。10几秒钟的工夫，一条自动传送带就把我要的饮料送了出来。

"又要您破费了！"佳佳幽默地说，"请将钱一张一张塞进收款箱。"我付完钱，佳佳从柜台下面把饮料取出来装好，双手递到我面前："欢迎您再来。祝您称心如意。"吃晚饭的时候，我对爸爸说："佳佳的服务态度真棒，要是售货员都像她就好了。"爸爸先是一怔，然后哈哈大笑起来，拍着我的肩膀说："傻儿子，佳佳的服务态度是没挑的，她一个人能顶上10几个人。可你就没看出有什么不同吗？"什么？"我问。

"佳佳是个机器人呀！"

佳佳的优质服务使商店顾客盈门，生意兴隆，爸爸高兴极了。俗话说：乐极生悲。正当爸爸为佳佳感到得意的时候，佳佳商店发生了一起抢劫案。

一天傍晚，两名蓄谋已久的歹徒潜入店中。一名歹徒装作买东西，突然用一只大黑布口袋套住了佳佳的脑袋，另一名歹徒用一把改锥撬开了收款箱的门。谁知，这一下触发了佳佳电脑里的报警系统。

两名歹徒见势不妙，慌了手脚。忙乱中一名歹徒向佳佳开了一枪，然后他们冲出店门，跳上摩托车，仓皇逃窜。但是几分钟后，他们就落入了法网。原来，佳佳电脑里的报警系统和公安局有直接联系。

那天是星期天，我跟着爸爸到商店里来看望佳佳。佳佳身上中了一枪，子弹把身体内部的电脑系统打坏了。爸爸打电话到机器人制造厂，请他们派人来给佳佳"治伤"。不巧，厂里的维修人员全部出差了。爸爸又四处联系，结果一家私人电脑公司答应派人前来维修。

半个小时后，一辆汽车停在佳佳商店的门前。车上走下两个人：一个又高又瘦，背微微有点驼；一个又矮又胖，戴副黑边眼镜。原来他们就是那家私人电脑公司派来为佳佳治伤的"大夫"。

两个"大夫"把佳佳身上覆盖着乳胶皮肤的盖板拆了下来，露出了内部结构复杂的集成电路。我看见子弹穿过盖板击中了一块长方形的集成电路。

"哦，这东西坏了！"矮胖子神秘地笑了笑，对爸爸说："经理先生，这种集成电路今天没带来，我们明天再来修吧！""行。"爸爸点了点头，"不过你们得抓紧时间。

佳佳商店又开门营业了。爸爸松了一口气。

没想到好景不长，一个星期后，爸爸的眉头又皱了起来。

"佳佳商店这两天账目出了差错。"爸爸忧心忡忡地说，"贵重商品销售量和款额不符。""佳佳又出事了？"我问爸爸。

"会不会是佳佳出了问题？"一天晚上，我望着愁眉苦脸的爸爸，提出了自己的疑问。

"不会。机器人是可靠的。"爸爸很固执。

"可是，报纸上不是报道过有人利用电脑作案吗？会不会是佳佳的程序出了问题？"我的话提醒了爸爸。为了不惊动别人，爸爸悄悄请来了佳佳的"娘家人"——机器人制造厂的专家来给佳佳彻底检查一下。

　　三天后，爸爸下班回来，一跨进家门，就嚷开了："喂，今晚烧几个好菜，咱们好好庆贺一番。""爸，什么事这么高兴？""小偷抓到啦！"爸爸兴高采烈地从提包里掏出个盒子，"来，看看现场录像。"录像带装进了放像机，电视屏幕上出现了佳佳商店忙碌的景象。忽然，一个熟悉的身影走近了佳佳，当他转过脸来时，我差点叫起来：这不是私人电脑公司的那个矮胖子吗？只见他向佳佳要了一串价值几百元的纯金项链，当传送带把项链送出来时，矮胖子像念咒语一样对佳佳说了一串密码，佳佳像中了魔一样，不等对方交钱，就把项链双手捧给了矮胖子！

　　这时，爸爸才详细地把事情告诉了我：原来，三天前，机器人制造厂的专家对佳佳进行了全面检查，他们取下了佳佳身上可疑的集成块，经过检查后发现，里面的收款结算程序被人修改了。这样，只要在收款前，对佳佳讲出一串密码，佳佳就会不收钱直接把商品交给顾客。很明显，罪犯是电脑技术人员，并且有维修佳佳的机会。为了将那个神秘的"顾客"当场抓获，公安人员和专家们决定将计就计，对罪犯的"杰作"再作点修改：只要有人对佳佳说出那串密码，佳佳就立即报警。

　　"那么，罪犯上钩了没有？"我着急地问。

　　"还用问吗！"爸爸从提包里拿出一盒可心可乐，笑着说，"我请客！"

地心游记

德国矿物学教授利登布洛克买了一本书。他的侄子阿克赛对书中夹着的羊皮纸文字内容很感兴趣，废寝忘食地研究起来，终于悟出这是 16 世纪冰岛炼金术士阿恩·萨克奴珊地心之行的简要记录。

意外的发现使利登布洛克教授决心去地心一游。于是，他和助手阿克赛便出发去冰岛，在向导汉恩斯的帮助下，他们备足粮食，带上探险仪器和防卫武器，奔赴地心入口——斯奈弗火山口。

斯奈弗火山口呈倒圆锥形。他们滑到底部，在熔岩西面的木板上，发现了"阿恩·萨克奴珊"的签名，但无法确定三个洞口中哪一个通往地心。

他们在洞口等了三天，盼来了云开日出。根据羊皮纸上的文字指点，他们认定中午时分阳光所照耀的那个洞口为地心入口处，便走了下去。

穿过狭长的坑道，根据地温变化的情况，他们断定已经到了海平面以下3000 多米的地方。阿克赛捡到一块类似土鳖的兽皮，教授认定这是古代节足动物中一种已经灭绝了的甲壳动物的皮。他们向四周一看，发现了许多发育较为齐全的动物遗骸：有硬鳞鱼，也有古爬虫巨蜥。渐渐地，大理石、片麻岩、石灰石和沙石，被一种暗淡无光的物质代替，这里竟然有煤矿！教授解释说：这里原来的植物先变成泥炭，又变成矿物。其实，这个原始坑道就是一座埋藏着无穷宝藏的迷宫，这里还有发光的金属层——铜、白金或黄金。

忽然，他们听到了隐隐的流水声。向导汉恩斯挥镐开凿岩壁，裂口里竟喷出含铁的沸水，他们称之为"汉恩斯小溪"。而"汉恩斯小溪"却把他们三人冲散了。阿克赛惊恐地呼喊着，当他把耳朵贴在岩壁上时，听到了教授的回应。这奇怪的传声现象是由地道的形状和岩石的传导率决定的。

经过一番曲折，三个旅行者又重逢了。他们的前方忽然出现了一片

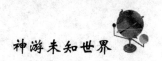

"海"。"海角"的一边是蘑菇森林，他们在这里找到了乳齿象的下颚骨。为了渡"海"，汉恩斯做了个大筏。航行途中，在距离木筏约 100 米的地方，他们突然看见有两只海兽在搏斗。其中一只长着海豚的鼻子、蜥蜴的脑袋、鳄鱼的牙齿，是古代爬虫类中最可怕的鱼龙；另一只是鱼龙的死敌颈龙，它有圆筒状的身体、短短的尾巴和浆状的四肢，伸缩的头颈一抬起，大约有 10 米高。他们举枪准备射击时，海兽却潜入海里去了。

正在这时，暴风雨来了。他们的木筏撞在岩石上，碎了。汉恩斯连忙去砍伐木材修理木筏。教授和阿克赛趁此机会，来到了一片冲积成的沉渣地上。他们的脚下到处都是各种贝壳和史前动物的遗骨。接着，他们又惊喜地发现了奇特兽、乳齿象、原猿、翼手龙的遗骨；在附近的火山上，他们还看见了个第四纪人的完整标本。

木筏修复了，他们继续前行，但他们的道路被花岗石地壳拦住了。为了打开通道，他们在岩石内放了炸药。没有听见爆炸声，却见岩石像一道帷幔似的分开了，眼前是深不可测的无底洞，海面掀起了巨浪，木筏直立在浪尖上。他们无论如何也没有想到，折回来的岩流已将他们带到火山喷口的边缘。经过打听，他们才知道，此刻所处的位置是西西里北部的斯特隆博利岛。

这次地心之行，行程将近 6500 公里，历时 13 个星期。教授和阿克赛告别了向导汉恩斯，踏上了回归汉堡的路程。

神奇的枕头

对失眠的人来说，世界上没有比失眠更痛苦的事情了。我躺在床上翻来覆去睡不着，悄悄地爬起来，打开房门，一个人到院子里散步。

"喂，半夜了，还没睡?"突然，浓密的树丛后面传出一个声音。我吃了一惊，抬头看见一个中年人，正坐在石凳上向我招手。

"起风了，到我屋里去坐坐吧。"他指着亮着灯的窗户说。

我跟他来到二楼一间宽敞的房间里。这里的陈设古怪，墙上挂着一幅大脑解剖图，上面标注着各种奇怪的符号；写字台上横七竖八的堆放着不少枕头，红的，绿的，紫的……

主人在我面前放了一杯热气腾腾的浓咖啡和一盘饼干，对我说："喝吧，暖暖身子。"

"不，不，咖啡是兴奋中枢神经的。我如果喝上一杯，今晚就别想睡觉了。"我摆着手回答。

他笑着说："别担心，我保管你睡得美美的。"

对于他的话，我是不相信的。失眠症已困扰我半年多了，我尝试过许多对付失眠的办法，但都无济于事。然而主人的盛情难却，我勉强喝了一口。然后，我解释道："我的大脑缺乏抑制点，每天只能睡上 3 – 4 个小时，正如巴尔扎克说的，是一个整天朦朦胧胧的人。"

"3 – 4 个小时?"他一本正经地说："已经挺不错啦。我每晚只睡两个小时。"说完，他得意地理了理头发。

"真的?"望着眼前这个精力充沛的人，我不禁惊呼起来。

"是啊，我常想，一个成年人每天大约睡 8 个小时，一生的三分之一时间都被睡眠占去了。"

"要是有一种发明，能缩短睡眠时间而不影响健康，那该多好啊。"我颇有同感地叹道。

他笑着说："我正在做这项试验呢。"

"哦?"我急切地问，"能不能给我介绍一下?"

他看了看手表说："百闻不如一见。咱们今天就到这里。"他在写字台上挑了一只红色的枕头，递给我说："这个送给你，今晚试一试，明晚请再来一次。"

回到家已是次日凌晨了，我把枕头放在床上，倒头就睡了。一觉醒来，我觉得精神好极了，看看钟，却只睡了两个小时。这种酣睡的感觉已久违了，我不由得想起了昨晚的事情。

晚上，没等时钟敲完10下，我就去敲昨晚那位主人的房门了。他一见我就问："昨晚睡得好吗?"

"好极了。"我高兴地回答。

"只睡了两个小时吧?"

"是啊，两个小时。"我不明白他怎么知道得如此清楚，便好奇地问："这枕头跟睡眠有什么关系吗?"

"当然有啦。"他顺手拿过一只枕头，说："我在这些枕头里放了一种特殊的脉冲器。它会产生一种磁场，帮助脑子里的抑制点起催眠作用。"

看着我满脸惊愕的样子，他继续说："它能使人睡得很熟，两个小时就能抵得上普通人8小时的睡眠。"

我向科学家告辞后，觉得天上的月亮更加明亮、皎洁。我真诚地希望，奇妙的魔枕能早日得到推广使用。

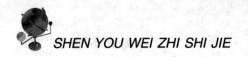

星球大战

一、外星人的警示

一天，我正在应用电脑研究九大行星的内部结构时。突然，电脑屏幕一黑，过了一会儿，电脑旁的音箱里响起了一阵悦耳的管风琴声，随即电脑上出现了一个青面獠牙的外星人首领，他还用生硬的语言对我说："听见了吗？地球人，我们三个月以后就会和你们这些自不量力的地球人战斗。你们不要鸡蛋碰石头啦！乖乖地投降吧！哈哈哈哈……"我气得直叫："哼！你们这些外星人有本事就比，小心我们把你们打得落花流水。"说完就按了一下图像炸毁按钮，随着"哗！"的一声，外星人图像就被炸得粉碎。我自言自语地说："看来，外星人是打算侵略地球了，在这以前外星人已经占领了八大行星，还在上面建了许多外星人基地，如果地球被它们占领了，它们也想用同样的手段对待地球，我得通知一下黄博士。"我急忙打电话给黄博士。正巧，黄博士正在和李博士一起散步，就带着李博士一起来了。我们三人坐在一起，讨论着作战计划……

二、紧急准备

经过我们的讨论，我决定先攻击水星上的外星人基地，再消灭掉其他星球上的外星人。因为水星上的外星人最强，所以只要我们先消灭了水星上的外星人，那就等于我们胜利了。我把这个想法告诉了黄博士和李博士，并征求他们的意见，"黄博士、李博士，你们是否同意我的想法呢？"李博士轻轻地点了点头，黄博士还在那犹豫不决。我等不及了，问："我说你到底同不同意？说话啊！"黄博士终于答话了，说："我同意是同意，可就是我们到哪儿去买航天等离子飞船呢？""这么简单的问题。没事，我一定能买到飞船。我和一家航天战斗机公司的老板是好朋友，我们可以从他那购买到任何品种的飞船。"我胸有成竹地说。

说干就干，我来到电脑前，输入了航天战斗机公司的购买密码。一会儿，那位老板就出现在了电脑屏幕上，还说："好久不见，最近你好像变瘦了，是不是太累了，我派人送些食物去给你补补身体，还要注意多休息。差点儿忘了，您要买什么？""那还用问，买1000架等离子飞船。做这么多年朋友，连朋友要买什么都不知道。"老板听了吓了一跳，用颤抖的声音说："请……问……请问你买这么多飞船干什么？"你知道老板为什么这么吃惊吗？因为等离子飞船是现代最好的飞船，它的功能有许多，可以自动隐藏在夜幕中，还能发出激光来攻击敌人，有时甚至能把敌人的飞船射出一个巨型大洞。等这种飞船的能量达到了极限，就能发出能消灭巨型飞船的能量大炮。这个飞船还有一个所有飞船都不能做到的功能，就是能把一个星球格式化，还可以把这个星球摧毁掉。公司老板看我不说话，就说："好好！就卖给你，明天你来取货。"说完就关掉了自动购买机，我转过头，心里暗想："飞船的问题搞定了，下面就是演习了。"

拿到了飞船以后，我们就来到太阳系外的行星演习。因为，只有太阳系外的行星没有被外星人占领，如果是在地球上就会影响人们的生活。我们降落到了一个火红色的星球上，对所有飞船做了一番详细的检查。你一定会感到奇怪，每艘飞船都有驾驶员，可以直接让驾驶员检查以后汇报啊！怎么需要我们去检查呢？告诉你吧，这些飞船除了我们驾驶的那架以外，都是自动化的，我们往哪走，它们就往哪走。我们选了一个开阔地进行演习，这次演习还算比较成功，不过我们还是发现了这些自动化飞船的一个缺点：它不会用那些高级武器，只会用导弹和空雷这些低级武器来攻击敌人。演习结束后，经过我们的改进，飞船已经没有缺点了。

我们回到地球，一边思考着攻打外星人的最佳方案，一边等待着和外星人决战的日子。一天，我猛然想起，外星人和我们地球人不同，它们是金属结构的，靠吸收二氧化碳等有毒气体维持生命，而人类是碳水化合物结构的，靠氧气维持生命，如果外星人来到地球上，哪怕空气里只含有 0.1% 的氧气，他们就无法生存。所以他们想取得胜利，只能利用氧气吸收器在太空中吸收地球中的氧气，使地球上的氧气被吸收的一点也不剩，如果地球上没有了氧气，外星人不费吹灰之力就能一举消灭地球上的所有人。

我们应该先下手为强，利用地球上繁殖力最旺盛的植物——紫藤泽兰、水葫芦，我们先用隐形飞船将紫藤泽兰撒在水星的外星人基地外，再将水葫芦的种子撒在水星唯一的湖泊——"生命湖"里，再用"大气穿透镜"把太阳光反射到水星上，使这两种植物在阳光的照耀下茁壮成长。

三、攻打水星

一个小时以后，我们派去的水星探测船传来一个消息，A 计划进展顺利，我们准备的种子都按原计划加速成长着。

水星探测船发回了很多现场图片，从这些图片上我们可以清晰地看到紫藤泽兰已经在外星人基地附近茁壮成长了。"生命湖"里已经长满了水葫芦，除此之外，资料上的数字显示出水星上空气中的氧气含量已经达到了 10%，从应用高科技透视照相机拍摄的照片上还能看到外星人现在的反应，他们建造基地的工人是在 1000 米的高空作业，因为氧气基本上集中在 500 米以内的低空，所以他们没什么异常反应。可外星人用来防守基地的士兵看上去情绪非常低落、行动也非常迟缓、反应也明显迟钝了许多，看来他们是活不了多久了。不过外星人指挥人员好像没什么不良反应，可能是他们的抵抗能力比普通士兵强吧。

另外我还有一个重大发现，从几张照片的背景上可以看出，外星人正在给我种的植物喷洒药物，我估计一定是除草剂。看来，我们已经别无选择了，只能立即向水星上的外星人发起总攻了。

在我们的指挥下，所有正在待命的飞船都自动隐形，攻击状态也立即更改成自控状态。所有飞船都反馈回来了一个信息"现在已到水星上空，是否立即攻击"。我毫不犹豫地下达指令"进攻！攻击目标111：403——外星人基地，出发！！"随即空间站里的监测屏上就出现了激烈的战斗场面。突然屏幕上出现了一个警告条"请立即下令攻击外星人首领的飞船，该飞船的速度非常快、反应非常灵敏，而且该飞船可以通过红外线探测到我方飞船的位置，已经造成我们的飞船损毁了50多架。"我一看情况不妙，赶紧下令让剩下的所有飞船立即撤回，以免造成更大的损失。并命令所有飞船在撤回前把随身携带的所有植物种子撒在水星上，之后将所有空间站的模式改为移动模式，将它们移动到水星四周，同时打开高辐射率的光能镜，因为这种光能镜如果同时运行，它们产生的光合作用的力量是太阳的3倍。这就是我的"B"计划。

显然外星人没有料到我会出这招，整个外星人基地立即乱作一团。根据可靠的资料显示，此时水星上的氧气含量已经达到了50%，眼看外星人已经承受不住了。可我没想到，外星人的高层指挥人员居然用了三十六计中的最后一计"三十六计走为上计"。都逃到火星上去了。

我们继续追踪……

四、战无不胜

我们继续追踪，来到了火星上。从这里可以清楚地看到火星外星人的一举一动，只见从水星来的外星人正在向火星外星人诉苦。

黄博士突然说："对了，我们听听外星人在说什么。知己知彼就能找到对付外星人的对策了。""说的也是！"我想了想说。我随即让人抬来了一架"探音机"，叫一个机器小人穿上隐形披风把一个千里传音的小喇叭送到外星人的大本营里。不一会儿，"探音机"就发出了外星人生硬的语言："二哥，求求你了，请你帮我们报仇雪恨吧！以后我们会好好报答你的！"，"不行，你明明知道我们敌不过地球人，你去找其他人吧！""求求你了！"……最后，火星人答应了。

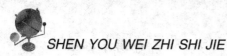

我们见时机已到，驾驶所有飞船飞入火星，还没等外星人反应过来，我们已经不费吹灰之力攻占了他们的飞船控制中心、飞船仓库和机器人控制中心。外星人眼看自己的飞船和机器人都被我方控制了，都逃到了总部。外星人首领气愤地对水星外星人说："是你害了我们，把他关到地牢里去。"说完就独自一人坐上时空转换器到了天王星，因为那时外星人的国王正在天王星陪自己的小儿子，外星人首领到了那里，哭着对国王说："请你给我一些飞船吧！"国王问明了情况后，就对他说："好！给你50架战舰。"外星人急忙驾驶战舰试图返回火星。

可他哪里知道，我已经把他的星球格式化了，还在上面神速地栽了无数棵树和花草。外星人首领一回来就被氧气弄得神志不清，我们轻而易举就抓住了他。我们带着他来到天王星，叫国王投降，可外星人国王一点也没有同情心。竟然把黄博士和俘虏的飞船击落了，俘虏当场死亡，黄博士被外星人活捉。李博士和我立即返回地球，准备好所有的武器，克服重重困难，把黄博士救了出来。接着，我们打败了剩下的所有星球上的外星人……

五、美丽和平的太阳系

我们打败了所有外星人，回到了地球。

地球防卫团知道了，请我们去做他们的指挥人员。我们谢绝了他们的好意。地球防卫团见我们不答应，就把我们打败外星人的事告诉了星际监测团，

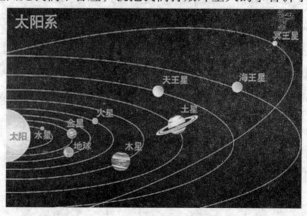

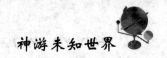

他们把我们请去，奖给了我们三枚荣誉勋章，还给了我们"宇宙外星人克星"这个称号。一天，一位神秘人士给我打了一个电话，告诉我，地球上的总人口太多，地球不够大了。人们要搬到其他星球上，把其他星球移到合适的位置这个重任就交给我们了。

这个任务对于我们来说没什么难处，我们马上坐上飞船，来到了火星。我拿出了三个随身携带的"酒瓶盖"，李博士看到了这个"酒瓶盖"，火冒三丈地说："你在干什么？我们是在做任务，不是在玩酒瓶盖。"我平静地说："我这个可不是普通的酒瓶盖，它能变成是它9亿亿倍那么大的推进器，只用三个就可以把一个星球推走。可现在唯一的缺点就是没有燃料。""没问题，我的'无底瓶'变出来的燃料是用不完的。"黄博士说。我们安好设备，点好燃料，只听"嗖"一声，火星就到了离地球很近的地方。我们又以同样的方法把土星和木星都移了过来。站在土星上，远远地看见一艘大飞船正开过来。原来人们在地球上看见了停靠在地球附近的木星、火星和土星，就坐着飞船赶来了。

从此以后，人们一直过着快乐的生活，太阳系也永远保持着它的美丽与和平……

未来的鞋

一天晚上，我做了一个梦，梦见自己设计了各种奇妙的鞋，给人们带来了很多方便。

观光旅游的人们穿上我设计的变速鞋。这个鞋上有个小型遥控器，可以控制行速的快慢和转换方向。在风景优美的地方，按一个慢速键，你就可以在这里尽情游览；再按一下快速键，一眨眼的工夫，你就到了另一个景点。穿上它旅游观光，既方便又快捷，真是开心无比。

大家穿上我设计的调温鞋，夏天比穿凉鞋还凉快，冬天比穿棉鞋还暖和，春秋两季穿上它则不冷不热，真是舒服极了。

"伽华，快起床了。"一声喊把我从梦中惊醒，那些奇妙的鞋随着喊声消失了，但我有信心将梦变成现实，让人们生活得更加美好。

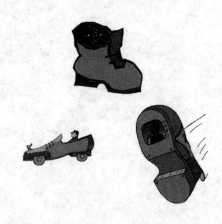

星 姑 娘

从前有老两口，靠种土豆为生，以土豆充饥。他们的土地非常肥沃，种出的土豆比别人家的都大，只是离家太远，每到收获季节，总是有盗贼来偷，把大个儿的土豆全部挖走。老两口很生气。后来，等他们的独生子长大之后，才把他叫来：

"儿子，你长得年轻力壮的，去教训教训那些小偷，看他们还敢偷咱们的土豆！"

小伙子于是动身去看土豆。

第一天夜里，他眼都没敢合，看得清清楚楚的，没什么小偷。天快亮的时候，他不由得合上双眼，做了一个梦。小偷们趁他打盹的机会，又把土豆挖走了。

小伙子醒来，心里十分懊丧。他回到家里把倒霉的事告诉了他的父母。

"算了，"父母对他说，"下次当心就是了。"

小伙子回到地里的小窝棚，整整一夜都没合眼，直到天色大亮，也没离开过土豆地。只是好像在半夜的时候，稍微打了个盹，但立即就醒过来了，小偷好像也没来过，但满地都是土豆叶子。

他回家向父母抱怨说：

"我看了一整夜，眼睛只不过眯了眯，谁知又让小偷给偷了。"

父亲气得把儿子的屁股痛打了一顿，对他说：

"你胡思瞎想些啥了？难道你比小偷还笨吗？一定是到哪里跟姑娘厮混去了！"

第二天，又叫他去土豆地守夜。嘱咐他说：

"喏，这回该知道怎么守夜了吧？"

没法子，小伙子只好坐在土豆丛里，等小偷来光顾。

夜里，一轮明月挂在天际，照得四周一片光明，等了整整一宵，他死命地盯着四周……到了黎明时分，实在倦极了，不禁又闭上了双眼。他做了一个梦，梦见一群穿着银白色衣衫，长得花一样俏丽，披着金色秀发的姑娘，飘然飞落他家的地里，开始齐心协力地挖着土豆。哇，她们是一群从天而降的星星姑娘！

小伙子张开双眼，呆愣在那里看着她们。

"哎！"他感叹着，"多可爱的姑娘呵！该怎么才能把她们抓住呢？难道世界上会有如此美貌的小偷吗？"

他的心兴奋得都快跳出来了。他真想抓住哪怕是一个姑娘也好。

他猛地一跃而起，想去逮住这些美丽可爱的土豆贼；可是，一刹那间，她们都飞走了。如同闪耀的灯光那样，消失在夜空中。只有一个最年轻的星姑娘落在了小伙子的手里。

小伙子在带着星姑娘回家的途中，责备她说：

"卿本佳人奈何做贼，怎么能到我父亲的地里偷土豆呢？"

接着，他故意一本正经地说：

"现在，你被我捉到了，该怎么处罚你呢？"

姑娘吓坏了，可怜可爱的小脸蛋上挂满了泪珠，就像带露的小花一样，惹人喜欢，她娇啼着哀求着小伙子：

"把我放回天上去吧，我的姐姐一定会挨父母责骂的！我会把从你们地里偷走的一切都加倍还给你，别把我扣留在人间！"

小伙子眉头一皱计上心来，他紧紧地拉着小姑娘的手，笑嘻嘻地说：

"算了，就罚你做我的妻子吧！"

他打定主意不回家去了，他要和星姑娘住在土豆地旁的小窝棚里，星姑娘哪里肯依，只是谁叫她偷人家的东西，又被人家捉住了呢？更何况她又哪里敌得过一位英俊强壮的小伙子呢？

小伙子的父母等呀等，就是不见儿子回来。

"啊，"他们寻思着，"这个窝囊废臭小子一定又把小偷放走了，不敢

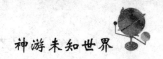

露面。"

天黑，心慈手软的妈妈给儿子带了一些好吃的，顺便也去探看一下她的宝贝儿到底在搞什么玄虚。小伙子搂着他心爱的星姑娘正坐在窝棚里说着情话呢，看到妈妈走到地头，姑娘用修长的手指压着红艳艳的樱桃小口俯在小伙子耳边说：

"小心，千万别让你的父母看见我。"

小伙子便匆匆迎着母亲走过去，老远就大声喊道：

"别过来，就在那儿等着我。"

小伙子接过妈妈手里的食物，回到窝棚里递给星姑娘，又接着讲天上地下的稀奇古怪事去了。

妈妈回到家中，对她的老伴说：

"咱们的儿子好像抓了个女小偷。她漂亮得就像从天上掉下来的。他带着她住窝棚里，怕是已经结成了夫妻呢！所以，他不让我靠近他的窝棚。"

老两口合计着，这倒也不错，便没去打扰他们。

有一次，小伙子在心里盘算好了，该带他的妻子去拜见双亲了，他对她说：

"天黑之后，我们就回家去吧！"

星姑娘很认真的再次对小伙子说：

"我不能去见你的父母，怪羞人的！而且他们见了我，对我们也很不利。"

小伙想了想，折中了一下：

"丑媳妇总得见公婆嘛，见一面之后，我们另外住好了。"

夜里，他领着姑娘去见了自己的父母。星姑娘的花容月貌使得老两口打心眼里满意，不由得把她看得紧，把左邻右舍瞒得死死的。

时光飞逝，星姑娘和小伙子一起生活了很长的时间。她怀孕了，生了孩子，可孩子又不明不白的死了。

星姑娘原来的天衣被小伙子藏了起来，她只好穿着普通人的衣裳。

一次，小伙子到远处的地里去干活，星姑娘假装要出门散散步，谁知一出门就无影无踪了。她回到了天上。

小伙子回到家中，见妻子没了，心里十分难过。他边哭，边出门远去，满世界地寻找着他心爱的妻子。也不知走了多少路程，有一天，他在高高的悬崖边遇到了神鸟兀鹰。

"小伙子，什么事这般伤心呀？"兀鹰问。

他把自己的不幸告诉了它：

"神鸟，我心爱的妻子是位美丽无伦的星姑娘……我担心她已飞回了天上，不知道该如何才能见到她。"

兀鹰对他说：

"小伙子，别忧伤，你的情人星姑娘的确已经飞回天上去了。既然你这么痴情，我可以带你去找她。不过你得先替我找两头美洲驼来，也好让我填饱肚子，和做路上的干粮嘛！"

"好的，神鸟，"小伙子答道，"我这就去把美洲驼给弄来。"

他匆忙回到家里，一进门就对他的父母说：

"有人肯带我去找我的妻子啦，不过我得付给两头美洲驼的代价。"

老两口二话没说，给儿子备好了两只美洲驼。到了兀鹰那里，就只一会儿，兀鹰就把一整只的驼肉从骨架上剔了下来，吃进肚子里。另一只，则让小伙子帮他带着路上吃。

小伙子扛着驼肉来到了悬崖的顶端，兀鹰疾言厉色地对小伙子说：

"把眼睛闭紧，不许睁开，当我喊'肉'的时候，就扔一块肉到我嘴里。"

然后，兀鹰带着小伙子飞上了高空。

小伙子顺从地闭紧眼睛。兀鹰一喊肉，他就割下一块，扔到它嘴里。谁知飞到半路，驼肉已经吃光了。兀鹰曾经警告过他："记住，如果我喊肉的时候，你不把肉塞到我嘴里，我们就飞不高了，那就只好把你扔下去了。"

小伙子非常担心兀鹰会这么做，于是他就忍痛割下自己腿上的肉一块一块地喂给兀鹰吃，他为了妻子付出了如此巨大的代价也在所不惜。

兀鹰带着小伙子来到一处遥远的海滨，对他说：

"朋友，去海里洗个澡吧。"

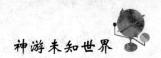

小伙子跟着兀鹰来到海水里痛痛快快地洗了个澡。

他已经飞得太久了，早已蓬头垢面，胡须丛生，显得非常苍老了。等到出浴之后，才又变得容光焕发年轻了许多。这时候，兀鹰对小伙子说：

"海的对岸有一座宏伟的庙宇。今天是祭神日。你去吧，守候在门口。每到这些日子，所有的星姑娘都会飞聚到这里来，不过她们人数众多，而且相貌和你的妻子一模一样。当她们一个接一个从你身边走过时，切不可开口说话。你要找的姑娘排在最后，走过你的时候会推你一把。你要立刻拉住她，紧紧地把她抓在手里。"

祭神庆典开始了，小伙子站在庙宇的门口，看到相貌彼此一模一样的一长串姑娘从他面前走过，哪里分得清哪个是他心爱的妻子。这时候，从队伍的后面闪出一个姑娘，她用胳膊肘轻轻的推了一下他，然后走进庙里去了。

这是金碧辉煌的日月神庙——日月神就是所有星姑娘和天上众神的缔造者。每天众神都会到这里来向太阳神请安。轻盈美丽的星姑娘和天上诸神唱起了庄严的颂歌。

祭神仪式结束后，姑娘们又一个接一个鱼贯而出，和小伙子擦身而过，冷漠无情地凝视着他。可他还是认不出谁是他的妻子。这时，有一个姑娘又用胳膊肘推了他一下，然后拔腿就跑，这次，小伙子紧紧地捉住了她。

星姑娘领着他往家里走去，对他说：

"你干吗要飞到这儿来？我一定会回到你身边的。"

快要到家里，小伙子突然感到饿得直发晕。姑娘发觉了，给他一些米。

"给，看把你饿的！"她娇嗔地说，"拿去吃吧。"

小伙子瞅见她只掏出这么一丁点儿米，暗自思想："我已经整整一年未沾粒米了，怎么吃得饱呢？"

"过一会儿我就要到我父母那儿去了，"姑娘接下去又说："我不能带着你。你自己煮粥吃吧！"

等她走了，门一合上，小伙子忙跑到姑娘刚才取米的地方，装了满满一罐上好的大米。忽然间粥煮开了，沸腾起来，溢到陶罐外面。小伙已经吃得很饱，罐中的粥还是未见减少。心慌意乱的小伙子便把陶罐里的粥倒在了地上。谁知泼在地下的粥还在那儿咕嘟咕嘟地沸腾着，小伙子吓得手足无措，不知怎么办才好。恰在这时，星姑娘回来了。

"哎呀，"她不满地喊了起来，"怎么能这么煮粥呢？我给你的，就已经足够了。"

姑娘帮小伙子把泼在地上的继续打扫干净，免得父母来探视时会发现。然后姑娘对他说：

"我不敢让我的双亲见到你。我要把你藏好，我会常来看你，给你带吃的。"

就这样，他们偷偷摸摸的一起生活了整整一年。后来有一次，星姑娘有些不耐烦地对小伙子说：

"到时候了，你该离开这儿了。"说罢就消失得无影无踪了，再也没回来看过他。她把小伙子抛弃了。

他含泪回到了海边，兀鹰正在那里打着盘旋。小伙子向它飞奔过去。兀鹰停在他身边。他们彼此凝视着：兀鹰衰老了，小伙子呢，也已经变成了老头子，他们异口同声地说：

"老朋友，日子过得还好吗？"

小伙子把他在星姑娘那里的遭遇向兀鹰一五一十地说了，他非常伤感地说：

"我的妻子抛弃了我，一去无踪了。"

小伙子的不幸深深地触动了兀鹰，使它十分悲伤。

"可怜的朋友"，兀鹰说，"这是命中注定的缘分！"于是用翅膀柔情地抚慰他。

这时候，小伙子央求兀鹰：

"神鸟，把我带回人间吧，我要回到父母的身边去。"

"好吧，"兀鹰答应了他，"那么，我们先洗个澡吧。"

等他们从海中出浴的时候，又变得青春年少了。

兀鹰对小伙子说：

"我带你回人间，不过你还得给我两只美洲驼作为酬谢。"

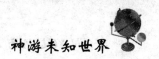

"神书，"小伙子回答说，"只要你把我带回我父母的家，我一定会重重酬答你的。"

兀鹰背着小伙子又整整飞了一年，才回到人间，小伙子如约交给兀鹰两只美洲驼，便径自己家去了。

迈入家门，看到年迈的双亲，抱头痛哭了一场。

这时，兀鹰对他们说：

"我把你们的儿子送回来了，你们要好好关爱他呀！"

小伙子接着说：

"我的妻留在了天上，我不会再爱别的女人了。我要和父母们生活在一起，直到我死。"

老人回答说：

"好儿子，别伤心，有我们陪着你呢。"

从此之后，小伙子一直和他的父母生活在一起，只是，他的心早已破碎了，常常望着夜空独自一个人发呆。

外星魂附体的人们

武夫从换气口慢慢地把身体往下垂，然后跳落在地下室的走廊上。

啊！终于成功啦！他逃出来了。

今天下午，轮到武夫值日，小西老师要他把坏了的椅子搬到地下室仓库去。当武夫来到仓库，把椅子堆放好，正准备出去时，门，"咣"地关上了。任凭他怎样用力敲打，都没有人来给他开门，他只能从换气口爬出来。

究竟是谁这么恶作剧呢？武夫猜想可能是藤田。上午，数学测验，藤田想偷看武夫的试卷，武夫没让他看，他一定怀恨在心。当小西老师交代武夫把多余的椅子搬到仓库里去时，藤田是在旁边听着的，他当然知道武夫在仓库里。

明天一定要好好教训教训他。武夫恨恨地想。现在，他可得快点回家，妈妈正等着他吃晚饭呢。

武夫到教室里拿了书包，急急忙忙往家里走。从学校出来，穿过商业街，这是武夫回家最近的路。

今天，街上的气氛好像很特别，人们都用冷漠无情的眼光瞥了一眼武夫，就匆匆走了，连住在自己家对面的阿婆看到浑身上下都是灰土，脚上的伤口还渗着血的武夫也不打招呼。

好不容易走到家了，武夫松了一口气，打开门，大声叫道："我回来了!"

妈妈和弟弟茂夫闻声走出来，可他们都不认武夫了。茂夫坚持说，他家只有他一个儿子。爸爸回来了，看到家里闯来一个脏孩子，不由分说就把他赶出来了。

武夫"哇哇"大哭起来，他像发疯一样，在路上跑着。

人世间竟有这样的事情，自己家进不去，亲生父母不认识儿子，究竟是什么事让大家都神经错乱了呢？

武夫绕着自己家团团转，看到家人团团坐在餐桌边，热热乎乎地吃着火锅。这么温暖的家不再是自己的了？武夫的空肚子咕咕直叫，他感到身上很冷。他走到街角的垃圾堆，拣出一捆旧报纸，钻进工地的水泥管中。在地上铺好报纸，又在身上盖了几张报纸，武夫这才明白，报纸原来也是可以避寒取暖的呀。

饥寒交迫的武夫眼角噙着泪珠，今天发生的一切，他怎么也不明白。明天，明天一定要把这一切弄清楚。

天还没亮，武夫就被冻醒了。他决定要去派出所查一下户口簿，那上面一定会有他武夫的名字的，然后再去找爸爸、妈妈说理。

不过，总不能这样脏兮兮地去派出所，他会被当成小叫花子赶出来的。武夫来到工地的洗手处，掏出手帕，把脚上的伤口，以及被灰尘弄脏的地方，都仔细地擦了一遍。肚子照样是空空的。武夫擦干净了身子后，又"咕咚咕咚"喝了几大口自来水，骗骗肚子，然后，提起精神走到马路上。

朝霞已经染红了天空，武夫抬起头，只觉得眼前一片漆黑，双腿一软，差一点摔倒在地上，幸好边上有个人扶住了他。武夫睁开眼睛一看，是一个素不相识的中年男子，他打量着武夫，问："你怎么了，孩子？"

武夫说："噢，没事。"

那人又问："那你能告诉我，去天文学研究所怎么走吗？"

天文学研究所，是一个规模很大的研究所，武夫的爸爸就在那儿工作，武夫常去玩。于是，他很有礼貌地向中年男子说了去天文学研究所的路。那人道了谢，就走了。

武夫转身向派出所走去。迈进派出所，他笔直走到户籍科的柜台前，向办事员要了自己街区的居民户口册，急急地翻了起来。

"找到了！"武夫兴奋地叫了起来，他看到了户口册上有自己的名字和出生年月。

武夫把户口册递给办事员，自己转身就跑，他要赶快回家把这个消息告诉妈妈，他们弄错了，户口册上有他的。

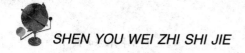

家门虚掩着，武夫推门进去。妈妈不在客厅，厨房传来"哗哗"的水声，他连忙走到厨房，看到妈妈背对着大门，正在洗菜。

也许是听到脚步声，妈妈转过身来。

"啊……"

妈妈的这张脸太可怕了。下巴长长的，耷拉在胸前，眼睛睁得圆圆的，通红的舌头，松弛无力地垂着，更可怕的是，脸部全是绿颜色的，还闪动着荧荧绿光。

武夫拔腿就跑，后面的脚步声紧紧跟了上来。武夫越跑越快，幸好他是学校的长跑冠军，这才甩掉了背后的怪物。

妈妈怎么会变成怪物的呢？武夫不明白，看来，只能去找爸爸了。他边想边往天文学研究所走去，可没走几步，就远远地看到刚才问路的那个中年男子向这边走来。

那人对武夫说，他沿着这条路走到尽头，也没看见天文学研究所，只有光秃秃的一片荒野。武夫更糊涂了，天文学研究所分明是在这条街上的呀！

"看来，我还是去问问警察吧。"那人自言自语道。武夫跟在他后面进了警察局，他也想搞个水落石出。

警察正伏在桌上午睡，中年男子上前推推警察的肩膀，警察盖在脸上的帽子落到地上，露出一张绿油油的脸。那中年男子乘警察睡眼惺忪的时候，拉起武夫拼命跑。

他们逃到一个角落里，靠在墙上大口大口喘着气。

过了一会儿，那男子告诉武夫，他是临近街区的一所大学里的天文学教授，叫白川。昨天傍晚——也就是武夫被关进仓库的那段时间，他无意中看到这个街区的上空，闪过银色的光瓦，一只像 UFO 一样的飞行物在这一带漂浮着。所以，他今天来到这个街区想了解一下具体情况。现在看来，外星人的灵魂吸附在人们的身上，把这个街区控制住了。

"不行，我们得赶忙向日本政府汇报，否则日本危险！"

白川又跑开了，武夫紧紧跟在他后面，只要跑出这个街区，就没有危险了。

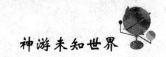

街口有家食品店，白川教授给自己和武夫买了午饭，武夫狼吞虎咽地吃了下去。刚吃完饭，就看见远处有一群警察朝他们奔来，白川教授拉起武夫飞快地朝邻近的街区逃去，后面追赶的人越来越多，白川和武夫跑得上气不接下气。

"武夫，坚持住，还有 1 公里。"白川鼓励武夫。

可是，前面出现了一个哨卡，白川和武夫被抓住了。警察把他们押到飞船上，关进一间空屋子。墙上出现了一个鬼影，他说："地球上的人，知道我们事的只有你们两个，所以我们要把你俩押回我们的安奏星。"

难道我们就这样完了吗？难道我们就听凭外星人入侵地球？

白川教授和武夫决定破坏飞船的控制系统。因为白川教授发现外星人刚才说话时，长长的影子投射到房间里，这说明这屋里的四堵墙都是幻影造成的"心壁"，是无法真正阻挡他们的。

白川和武夫决定乘外星人不备，孤注一掷，试一试。他们手拉手朝墙上撞去。果然没什么障碍！

白川教授先破坏了电脑控制器，这样可以使附在人们身上的外星魂不起作用，然后他又操起一根金属棒挥舞起来，一个个仪表被砸坏了，飞船打起转来。武夫则在飞船底部挖了一个洞，然后往燃料库里投入一根火柴，自己和白川教授纵身一跃，从洞底跳离了飞船。

"轰"，一股浓烟滚滚而起，飞船被炸毁了。

武夫清醒过来时，发现躺在妈妈怀里，爸爸、弟弟、对门的阿婆、老师、同学都围在他身边，他们的脸又变得像过去一样慈祥、亲切了。

布克的奇遇

整个故事，是从布克——我们邻居老李的一只狼狗——神秘的失踪，然后又安然无恙地回来开始的。

不过，问题并不是在布克的失踪和突然出现上，问题是在这里：有两位住在延河路的大学生，曾亲眼看见布克被汽车压死了，而现在，隔了三个多月，布克居然又活着回来了！

被汽车压死了的狗怎么会活转来的呢？……嗯，还是让我从头说起吧！

布克原是一只转了好几个主人的纯种狼狗。它最后被送到马戏团里去的时候，早已过了适合训练的年龄。马戏团的驯兽员拒绝再训练它，因为它在几个主人的手里转来转去的时候，已经养成了许多难改的坏习惯。

我们的邻居老李，就是那个马戏团里的小丑。他不但是个出色的喜剧演员，也是一个心地善良的老人。他听说马戏团决定把布克送走，就提出了一个要求：给他一年时间，他或许能把布克教好。

这样，布克才成了我们四号院子——这个亲密大家庭中的一分子。实际上，这是一只非常聪明伶俐的狼狗。在老演员细心的训练之下，布克很快地就改变了它的习惯，学会了许多复杂的节目。一年快结束的时候，马戏团里除掉那个固执的驯兽员之外，都认为不久就可以让布克正式演出了。

然而，正当布克要登台演出的前夕，不幸的事件发生了。4月3号那天晚上，布克没有回家。大家等了整整三天，依旧不见它

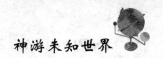

的影子。

三天下来，老演员明显地消瘦了。我们院子里的人都知道这是为什么。说真的，我们还从来没见过哪一个人能像老李这样爱护这只狗的。

礼拜天一到，我就发动了院子里所有的人，到处去寻找布克。我这样做，不只是为了老演员一个人，有一大半，也是为了我那个可爱的小女儿小惠。小惠自从五岁那一年把腿跌断了，就一直躺在床上。我上工厂去的时候，虽然有不少阿姨和小朋友来照顾她，可是失去了一条腿的孩子，生活总是比较单调的。自从老演员搬到我们四号院来以后，情形就好了不少。老演员、布克和小惠立刻成了好朋友。有了布克，小惠的生活也变得愉快得多了，甚至还胖了起来。可是现在……为了不叫老演员更加伤心，我简直不敢告诉他：小惠为了布克，已经悄悄地哭了好几次了。

那天，正好送牛奶的老王和邮递员小朱都休息。大家分头跑了一个上午，还是小朱神通广大，他打听到：在3号那天，就在延河路的西头，有一只狼狗被汽车压死了。这只狼狗正是布克。据两个大学生说：他们亲眼看见一部载着水泥的十轮大卡车，在布克身上横着压了过去。布克当场就死去了。这件事发生的时候，他们正好在旁边。不过，当他们给公安局打完电话回来后，布克的尸体却失踪了！

看来悲剧是已成事实。然而，布克尸体的神秘的失踪，却使这个心地善良的老演员产生了一线希望：也许，布克并没有死，有一天，它也许还会回来的吧！

真假布克

事情的确并没有就此结束。隔了三个多月，有一天，我下班回家，刚走到家门口，就听见了小惠和老演员的笑声。在这笑声中，还夹着一声声快活的狗吠。

"老李一定又弄到一只狗了。"我这样想着。可是一走进屋里，我简直不敢相信自己的眼睛了：这竟然是布克！

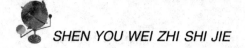

"你瞧！你瞧！"老演员一见我就嚷开了，"我说一定是哪位好心人把布克救活了。你瞧，现在它可回来了。"

布克还认得我，看见我就亲热地走过来，向我摇着尾巴。

老演员的一切训练，它也还记得；而且，连小惠教给它的一些小把戏，也没有忘记。当场它还为我们表演了几套。

布克的归来，的确成了我们四号院子这个大家庭的一件大喜事。那天晚上，大家都来向老演员和小惠道贺。可是到了第二天，我发觉这里面有些不对头的地方。我突然觉得，布克多少是和从前有些两样了。起先我只是模模糊糊地觉得这样，可是仔细地想了一下后，我就发现原来是布克的毛色和从前不同了。我的记忆力一向很好，我记得布克的毛原是棕黑色的，现在除了脑袋还和从前一样，身上的毛色却比从前浅了一些。我把布克拉到跟前一看，发现它的颈根有一圈不太容易看出来的疤痕，疤痕的两边毛色截然不同。两个大学生曾经一口咬定说：布克的身体是被卡车压坏了。我一想起他们的话，不由得产生了一个叫我自己也不敢相信的念头：布克的身体一定不是原来的了！

我是一个有科学知识的人，从来就不迷信。但是眼前的事实，却只有《聊斋》上才有！

我越是注意观察布克，就越相信我的结论是正确的。不过，我还不敢把这个奇怪的念头向老李他们讲出来。直到布克回来的第三天早晨，这件事情也终于被老演员发觉了。

这是一个天气美好的星期天。我把小惠抱到院子里看老演员替布克洗澡。我站在窗子跟前，正打着主意，是不是要把我的发现向老李讲出来。忽然，老演员慌慌张张地朝我跑来。他像被什么吓着了似的，上气不接下气地对我喊道："这不是布克！啊，这不是布克！""瞎说！"我故意这样答道。"不不不，我绝对不会弄错！"老演员还是非常激动，"布克的肚子下面有一块白色的毛；它的爪子也不是这样的！我记得，它的左前爪有两个脚趾是没有指甲的。可是现在，你瞧，白色的毛不见了，指甲也有了，身上的毛色也变浅了！"

布克的第一次演出

我和老李都没有把这件事向大家讲出来。因为讲出来，谁也不会相信我们的，只会引起别人对我们的嘲笑。

布克演出的一天终于来到了。四号院子里的人，能去马戏场的都去了。但是在所有的人当中，恐怕不会再有比老演员、小惠和我更加激动的了。临到上台之前，老演员忽然把我叫到后台去。他的脸色很难看。老演员指着布克对我说："你看看，布克怎样了？"

布克的精神看起来的确不大好。它好像突然害了什么病似的。然而那天布克的演出，还是尽了职的。这是老演员精心排练的一个节目：他突然变成了一个宇宙航行家，带着一只狗去月球航行，结果由于月球上重力比地球上小得多，闹了不少笑话。观众们非常喜欢这个新颖的节目。老演员和布克出来谢了好几次幕。布克演出的成功，使老演员非常激动。在最后一次谢幕的时候，他忽然一下子跨过绳圈，把小惠也抱到池子中心去了。在观众的惊奇和欢呼声之下，小惠叫布克表演了几套她教它的小把戏。

布克立刻成了一个受人欢迎的演员。可是，到了演出的第三天，突然又发生了一件新的事故：布克的左后腿突然跛了，演出只好停止。第二天，事情又有了新的发展。

那是星期六的下午。我和老演员把小惠抱到对面公园的大树下，让布克陪着她玩，然后各自去上班了。没想到我从工厂回来，却看见小惠一个人坐在那儿抽抽噎噎地哭；原来我们走后不久，就来了一个陌生人。他好像认得布克似的，问了小惠许多问题。最后他对小惠说，这只狗是从他们实验室里跑出来的。他终于说服了小惠，留下了一张条子，把布克带走了。可是布克一走，小惠又后悔起来，急得哭了。

我打开那张便条的时候，老演员正好从马戏团里回来。那张便条这样写道：

同志，我决定把这只狼狗牵走了。从您的孩子的口中听来，我觉得其中一定有许多误会。由于这只狼狗跟一个重要的试验有关，所以我不能等您回来当面解释，就把它带走了。如果您有空的话，希望您能到延河东路，第一医学院附属研究所第七实验室来面谈一次。

一听到实验室和医院这几个字，老演员、小惠都急坏了。

"爸爸！布克病了吗？爸爸！布克病了吗？"小惠抓住我的手，着急地问。老演员呢，只是喃喃地说：

"啊，可怜的布克！我们这就去！我们这就去！"

没有身体的狗头

在第七实验室里将会遇到些什么，我们原是没有一点儿准备的。现在回忆起来固然好笑，可是在当时，我们真为布克担了许多心。

研究所比我们想象的要大得多，这差不多是一幢大厦了。我们在主任办公室等了半个多钟头，秘书告诉我们说主任正在动手术，老李等不及了，拉着我要上手术室去找他。我们刚走出房门，就发觉我们是走错了路，走到一间实验室里来了。我正想退出去，老演员忽然惊呼了一声。随着他的指点，实验室里的一些景象，也不由地把我钉在地板上了。

在这间明亮而宽敞的实验室的四周，放着一只只大小不同的仪器似的大铁柜。铁柜上部都镶着玻璃，里面亮着淡蓝色的灯光。透过玻璃，我们看到里面有一些没有身体的猴头和狗头，在向我们龇牙咧嘴地做着怪脸。有一只大耳朵的猎狗的狗头，当我们走近的时候，甚至还向我们吠叫起来，可是没有声音。

这些惊人的景象，叫我记起了一年多以前在报纸上登载过的一则轰动一时的消息：苏州的一些医学工作者进行了一些大胆的试验，他们使一些切掉了身躯的狗头复活了。他们还把切下来的狗头和另一只狗的身体接了起来，并且让这些拼凑起来的狗活了一段时间。他们还进行了另外一些大胆的试验：调换了狗的心、肝、肺、肾脏、腿或者别的一些组织和器官。以后，我在一次科学知识普及报告会上，进一步地了解了这件工作的意义。原来医学工作者做这一系列试验，是为了解决医疗上的一个重大的问题：给人体进行"器官移植"。因为一个人常常因为身体上的某一个器官损坏而死亡。如果能把这个损坏的器官取下来，换上一个健全的，那么本来注定要死亡的人，就可以继续活下去，就可以继续为社会主义建设事业贡献出更多的力量。显然，这些试验如果能够获得成功，不但能挽救千千万万病人的生命，而且也能普遍地延长人类的寿命。

生与死的搏斗

我们终于在手术室的门口，找到了第七实验室的主任——姚良教授。他是一个胖胖的，个子不高而精力充沛的中年人。用不着几分钟，我们就弄清楚了许多原先不清楚的事情。正和我们所猜测的一样，第七实验室在进行着器官移植的研究工作。布克那天的确是被卡车压死了。那天，实验室的工作人员被派到郊区去抢救一个心脏受了伤的病人。他们的出诊车在回来的路上，正巧碰上了这个事故。他们从时间来推测，布克的心脏虽然已经停止跳动，血液已经停止循环，可是它的大脑还没有真正死亡。只要把一种特别的营养液——一种人造血——重新输进大脑，那么，布克还可能活过来。

出诊车上正好带着一套"人工心肺机"。实验室的工作人员毫不迟疑地把布克抬到车上。他们知道：在这种情况下进行紧急抢救，比在研究所里作试验的意义还重大得多。因为在大城市里，许多车祸引起的死亡，就是由于伤员在送到医院去的途中，耽搁的时间过长了。

工作人员估计得一点不错：布克接上了人工心肺机才五分钟，就醒了过来。然而，布克的内脏损伤得太厉害，肝脏、脾脏和心肺，几乎全压烂了。这些器官已经无法修复，当然也不可能全部把它们一一调换下来。最后，专家们就决定进行唯一可以使布克复活的手术，把布克的整个身体都换掉……

"可是，"听了姚主任的解释，我突然记起了去年在那次报告会上听来的一个问题。

我说："姚主任，器官移植不是一直受着什么……什么'异性蛋白质'这

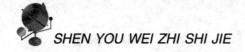

个问题的阻碍吗？难道现在已经解决了？"

"对，问得对。"姚主任一面用诧异的眼光打量我，一面回答说，"是的，在几个月以前，器官移植还一直是医学界的一个理想。以前，这只狗的器官移植到另一只狗身上，或者这个人的器官移植到另一个人身上，都不能持久。不到几个星期，移植上去的器官就会萎缩，或者脱落下来。这并不是我们外科医生的手术不高明，也不是设备条件不好，而是由于各个动物的组织成分的差异而造成的。这种差异，主要表现在蛋白质的差异上。谁都知道，蛋白质是动物身体组织的主要成分。科学家早就发现，动物身体组织中的蛋白质，总是和移植到身上来的器官中的蛋白质相对抗的，它们总是要消灭'外来者'，或者溶解它们。所以在以前，只有同卵双胞胎的器官才能互相移植。因为双胞胎的蛋白质的成分是最相近的……"

"这么说来，那布克呢？它也活不长了？"一听姚主任这样解释，老演员立刻着急起来。

"不，"姚主任笑了笑，"我说的还是去年的情况。你们也许还不知道，现在，全世界的科学家都在寻找消灭这种对抗的方法。五个月前，我们实验室已经初步完成了这个工作。我们采用了这样几种方法：在手术前，用一种特殊的药品，用放射性元素的射线，或者用深度的冷冻来处理移植用的器官和动手术的对象。当然，一般说来，我们这几种方法是联合使用的。布克在进行手术之前，也进行过这种处理……"

"啊！"我和老演员心里放下了一块石头，"这么说，布克能活下去了？"

"不，不，"一提到这个问题，姚主任脸上立刻蒙上了一层阴影，"你们别激动，布克，你们总知道，我们对它的关心也决不下于你们。在这种情形下救活的狗，对我们实验室，对医疗科学，有特别重大的意义。它的复活能向大家证明，器官移植也能应用到急救的领域里去。可是说真的，当时我们并不知道这只狗是有主人的。唉，这真是一只聪明的狼狗，它居然能从我们这儿逃出去！可是这一段时间的生活，显然对它是不利的。要知道，我们进行了手术以后，治疗并不是就此停止了；我们要给它进行药物和放射性治疗，这是为了使蛋白质继续保持一种'麻痹'的状态。另外，我们还要给它进行

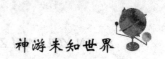

睡眠治疗。这你们是知道的，根据巴甫洛夫的学说，大脑深度的抑制，可以使机体的过敏性减低……"

"那布克……布克又怎样了呢?"我和老演员不约而同地喊了起来。

"是的，布克的情形很不好。它的左后腿就是由于这个原因才跛的。那儿的神经显然已经受到了影响。如果不是我们的工作人员偶然碰到了它，这种情形恐怕还要发展下去。我很奇怪，为什么你们没有见到我们寻找失狗的广告。布克一逃走，我们的广告第二天就在报纸上登出来了……"

姚主任忽然打住了。他犹豫了一下，突然站了起来，说："请跟我来吧。我带你去看看布克。不过，请你们千万别引起它的注意和激动。"

这个时候，我们的心情是可想而知的了。我觉得仿佛是去看一个我们自己的生了病的孩子，更不用说那个善良的老演员有多么激动了。

我们在实验室楼下的一间房间里，看到了真正的奇迹：一只黄头黑身的狼狗；一只棕黑色的猎犬，却长着两条白色的后腿；至于那只被换了头的猴子，如果不是姚主任把它颈子上的疤痕指给我们看，我们是绝对看不出来的。这些经过了各种移植手术的动物，都生气勃勃地活着。这些科学上的奇迹，是为了向世界医学工作者代表大会献礼而准备着的。在我们看到的时候，对外界来说，还是一个小小的秘密。

在楼下的另一个房间里，我们终于看到了我们那个非常不幸，也可以说是非常幸运的布克。不过，这时它已经睡着了，是在一种电流的催眠之下睡着的。它把它的脑袋搁在自己的——也可以说是另一只狗的——爪子上，深深地睡着了。几十只电表和一些现代化的仪器，指示着布克现在的生理情况。几个穿着白大褂的年轻的医学工作者，正在细心地观察它，服侍它，帮助它进行这一场生与死的搏斗。

姚良教授显然也被我们对布克的感情感动了。这个冷静的科学家，突然挽起了我们两人的胳臂，热情地说：

"相信科学吧！我们一定能叫它活下去！"

那天从研究所回家后，我好久好久都在想着一个问题。第二天早晨，我一打开房门，就看见老演员也站在门口等着我。我们用不着交谈，就知道大家要说些什么了。

"走，我们应当马上就去找姚主任！"老演员说道。

聪明的读者一定知道，我们这次再去找姚主任是为了什么。是的，这一次，是为了我们的另一个孩子——小惠——去找这位出色的科学家的。

布克的正式演出

在报上读过"世界医学工作者代表大会"的报道和有关我们的新闻的人，当然用不着再读我的这最后的几句话了。但是，我那喜悦的心情，使我不得不再在这儿说上几句。

在"世医大会"上，各国的医学家们都肯定了姚良教授和他的同事们的功绩。大会一致认为：姚良教授的试验证明，器官移植术已经可以实际应用了。换句话说，已经可以应用到人的身上来了。

正如你们所知道的一样，第一个进行这种手术的，是我那可爱的小女儿——小惠。你们一定已经看出，我是很爱小惠的。第一个进行这种手术当然有很大的危险。但是科学有时候也需要牺牲，任何新的事物，总要有第一个人去尝试。我可以这样说，如果科学事业需要我的话，我一定会挺身而出的，更不要说是这种能使千百万人重新获得生命和幸福的重大试验了。

小惠的手术是在 9 月里进行的。离开大会只有五个多月。

这种大跃进的作风和魄力，使国外许多有名望的医学家都感到惊讶。六个月以后，小惠已经可以下地走路了。被移植到小惠身上的那条腿，肤色虽然有些不同，用起来却和她自己的完全一样。

第二个进行这种手术的是著名的共产主义劳动英雄、钢铁工人陈崇。在一次偶然事故中，他为了抢救厂里的设备，一只手整个儿被烧坏了。劳动英雄陈崇的手术进行得也很顺利。以后，心脏的调换、肾脏的调换，都在第一医学院里获得了成功。姚良教授的方法，同时迅速地推广到别的城市和国外去了。

至于布克，我想也用不着我在这儿多介绍了。自从报纸上介绍了它的奇遇以后，它已经成了一个红得发紫的演员了。为了满足许多人的好奇心，布克终于被允许在马戏团里演出。它的后腿还微微地有些儿跛，可是它那出色的表演却弥补了这个不算太大的缺陷。

我还记得布克重新登台那天的盛况。姚良教授和我们四号院子里的朋友当然都去了。布克的节目是那天的压台戏。当表演完毕，在谢幕的时候，知道这事件始末的观众突然高声地喊了起来：

"我们要小惠！我们要姚良教授！"

"我们要小惠！我们要姚良教授！"

戴着尖帽子，穿着小丑服的老演员，激动得那样厉害。他突然从池子那头，一个跟头翻到我们的座位的跟前。他非常滑稽地，但是又非常严肃地向我们做了一个邀请的姿势。在观众的欢呼声中，小惠拉着姚主任的手，就像燕子似的飞到池子中间去了。

看到小惠能这样灵活地走动，不由得叫我记起了她第一次被老演员抱到池子里去的情景。我不觉激动得眼睛也被泪水模糊了。当然，你们一定知道，这并不是悲伤，这是真正的喜悦！为科学，为我们人类的智慧而感到的喜悦！

双曲线体

1925 年春天，苏联列宁格勒郊区的一座破屋子里，刑事侦探部的薛尔盖发现了一具被人谋杀的男尸。这屋子的地下室里还发现不少厚厚实实的木板块和铁板块。这些木板和铁板都是被人用什么东西轻而易举地剖开的。它们不是用锯或刀割的，而是被什么烧断的。令人不可思议的是其中有一块厚达 8 厘米的坚硬的槠木块，竟被人不知用什么方法烧了个透穿，烧的是"加林"两个字。后来查明，加林是一个工程师，现不知去向；而被杀者系加林的替身。

再往下查才得知，加林工程师不知发明了一件什么厉害的武器，为国外所知，于是有人潜入苏联来夺这器械，但是错杀了人，器械似乎也没被夺去。眼下，加林上法国巴黎去了。这，岂不是自投罗网？

原来，加林所发明的这件器械，名叫"双曲线体"。加林是利用炭素角锥的燃烧，将它们的光线集中起来，就可以射出一束无坚不摧的光线来。可是，他不会制造炭素角锥，他上巴黎去就是找他的朋友帮忙去了。

当时，美国亿万富翁罗林格，带了他的情人，白俄出身的大美人佐雅也在巴黎。罗林格看中了加林的双曲线体，就派杀手去抢夺杀人，但是无功而返。于是佐雅就偷偷派了亡命之徒鸭鼻子伽斯东第二次去杀人抢夺。

这天，罗林格在巴黎的办公室里，突然来了一个 30 挂零的男子。他身材不太高大，但气宇昂藏，神情潇洒，目光炯炯，凛然有威，显出一股英悍之气。

他一走进秘书室，就简单地说："请去通报一下罗林格先生，本人受他所深知的加林工程师之托，有事要与他本人商谈。"秘书一听说是加林派来的，忙狗颠屁股着进屋去了。大约过了 1 分钟，这人被带了进去。罗林格是个体重近 100 公斤的大胖子，他连眼睛也不屑一抬地说："如果谈的是金钱问题，对不起，这是秘书处理的。不过，你既然来了，我就给你 3 分钟，莫非加林工程师有什么新消息不成？"这人道："加林工程师很想知道罗林格先生对他所发明的器械的评价。"罗林格说："听说好像多少对工业有点用处吧。"这人激昂地反驳道："错了，该器械不是用于工业，而是用于破坏的。当然如果用于开矿或切割业，它也能取得极大的成功。只是加林工程师却另有打算。"罗林格问："想用于政治？""用于政治这是大材小用了。他想的是创立一个理想的社会制度。""好大的口气！这社会建立在哪里？""随便哪里，世界五大洲的任何一洲都可以。""是吗？挺好玩的。"罗林格说了这句话后就闭上了嘴。那人道："加林工程师不是一个共产主义者，这点，您尽可放心。不过，他也不站在您资本主义这一面。加林工程师了解到您有巨大的财产和宏大的愿望，而他则发明了一件无坚不摧的器械，他向您提议缔结同盟。您意下如何？"罗林格轻蔑地说："您，要不就是他，该没发疯吧？我可以给加林工程师 5 万法郎，买下他的专利权。"这人笑笑道："用武力和歪门邪道来取得它，不是更便宜吗？"罗林格放下手中的笔，说："不用讨价还价了。我出 10 万，如何？""在列宁格勒不是已经杀过一个了吗？现在再杀一个好了。这办法又简单又省钱。"罗林格站了起来，怒喝道："够了，加林的戏是演完了。我不会出一个铜钿去买他的专利权的，他已是我的瓮中之鳖。你，滚出去！"这时候，这人也站了起来，低下头站到桌子边上，现出很委屈的神情，说："那么好吧，罗林格先生，10 万就 10 万吧，我同意……"罗林格气势汹汹地说："不，现在，要我出一个铜钿，我也不要了。滚出去！"这人痛苦地将手指插在领带圈里，眼睛在骨碌碌地转动，他踉踉跄跄地像把不住脚，身子向桌面歪去，神不知鬼不觉地一抓抓到了桌上的一张小纸片。罗林格只道他想冒犯他，赶忙揿响电铃叫人。但就在秘书冲进屋子的那一眨眼间，那人向罗林格行了个礼，一窜窜出了屋子，钻进了汽车，一溜烟走了。这张纸片上写的是加林在巴黎的住址，是罗林格亲笔写的。他原打算叫人去暗杀他，地址是他的手下打听到的。当然，这个冒充加林代理人的人，正是加林本人。

当天夜里，当佐雅得知罗林格桌上的字条已被加林抢走的消息后，她大吃一惊。因为这时伽斯东已出发去暗杀加林，不论杀不杀死他，万一这张罗林格亲笔写的纸片落到了警察局之手，罗林格就会给毁了。下令杀人是她私下里出的主意，罗林格还不知道。思索再三，她决定亲自到加林那里去一趟，能阻止不杀人最好；万一已经杀了，她也该千方百计取回这张纸片——物证来。

深夜两点，佐雅离开了旅馆，摸进了加林的住处。可是已经迟了，地板上放着一只打开了的皮包，到处是散乱的纸片，衣柜前一具死尸坐在地上。月光下，他睁得很大的双眼和外露的牙齿在闪闪发光，看上去有几分像是在微笑。她吓得站在那里，一动不动。蓦地，门口又出现了一个加林。他低声道："对不起，又杀错了。死者是我的助手。为了这件事，罗林格不得不去尝尝铁窗风味。"接着，他拉了佐雅从后门跑了出去，因为15分钟前他已经报了警。

加林在一个秘密的地方演示了他的双曲线体。这器械果然厉害非凡，佐雅已决定与加林联手了。

且说第二天，加林的第二个替身被杀的消息，已将巴黎闹得沸沸扬扬，而罗林格却因为佐雅在半夜里的出走感到莫名其妙。

正在这时，一个身材不甚高但肌肉发达的汉子跳进罗林格的窗。罗林格吓得将手放到身后的手枪上，喝道："谁？干什么？"这人道："低声一点。我叫伽斯东，我要报告您一件有关佐雅小姐的事。人是加林杀的，佐雅小姐是他的同犯。我出于嫉妒，盯了佐雅小姐的梢，一切都亲眼看到了。"罗林格道："那好，我去报警。"伽斯东道："老板，报警还是免了吧，因为……"罗林格道："我不愿意私了，还是报警为好。"伽斯东道："我劝老板算了吧，这会将您我两人全送上断头台的。您逼得我只好说实话了。据佐雅小姐说，杀加林是您的指示，我已完成了任务。现在我知道加林和佐雅小姐眼下的住处，我手下有6个人。我们还是私了吧。"箭在弦上，已不得不发。罗林格只好同意了伽斯东的私了。虽然，看上去像是一个下策。

这天夜里，加林正在向佐雅解释，他可以利用双曲线体来开采地球下面的橄榄石层，这石层里面的黄金多得数不胜数。到时候，他就可以占地为王；

而佐雅，也就可以成为王后了。突然，加林中止了说话，他闪到窗边去一望，说："来人了，来收拾我们的。3辆车，8个人。"他飞快地装好了双曲线体的器械。不一会，几个人的脚步声已在门外停住。加林用法语吆喝道："谁?"一个人粗声粗气地在回答："电报，请开门!""电报从门底下塞进来吧!"那人怒喝道："叫你开门你就开门，有急事儿!"另一个安定的声音在问："那个女人在你这里吗!""在，有事吗?""交出女人来，就没你的事。"加林吼道："我警告你们，再不滚，1分钟后就没有一个人能活下来……"门外的人呵呵大笑起来。随即，门上传来用身体猛烈撞击的声音，漆末和木屑在纷纷往下掉。佐雅一动不动地注视着加林。加林脸色苍白，但充满了自信，动作敏捷得像匹鼬鼠。他抽出了几根火柴，取出手枪站着等待。随着一声声的重击，门渐渐地在破裂。哐啷一声身后的窗玻璃被打碎了，窗帘在摇晃。加林对准窗开了一枪，然后迅速蹲下身擦亮了火柴。这时，窗帘蛇一般落下来，鸭鼻子伽斯东口衔匕首攀住窗上的铁格子爬了上来。加林在调节器械，器械里的火焰在晃动，发出嗞的声音，对面糊纸的板壁已开始冒烟。伽斯东斜眼盯着加林的枪口。他的匕首拿在手里，准备猛地扑来。就在这一刹那间，一支细若丝线而又闪烁耀眼的强光划过去对准了伽斯东。佐雅看到伽斯东既不叫嚷也不透气，突然张开了大嘴……他的胸膛上飘起了一缕游丝一般的轻烟。他举起了双手，随即又无力地垂下来，人滚倒在地毯上。他的脑袋和肩膀全被像面包头一般地切下来，与下半身脱离了关系。加林将器械转向破裂的房门。在途中，光线束切断了电线，电灯落下来啪的一声，灯熄了。令人发眩的光束在门口嗞嗞发声，光束在打叉，在旋转，在切割。门外有人像猫一般地干嗥一声。肉被烧焦的气味在飘散开来。然后，一切都安静了下来。加林干咳一声，嘶哑地说："全部都被收拾掉了。"

第二天，巴黎几乎所有报纸上都登有尸体被切成几段的照片。

被杀的人中没有罗林格，他是被加林抓住了。他被逼与加林订了一份契约。

现在，佐雅已身在大海上，乘的是条豪华的游艇，名叫"阿利左娜号"。当然，一切费用全由罗林格支付。船长是挪威人扬逊。与她同行的还有亿万富翁罗林格和加林。一路上，罗林格不断地被迫开出支票来。钱的总数要以亿来计算。

不久，世界各大报纸登出了如下这么一个启示：

本人已占领太平洋上西经130度，南纬24度处之岛屿一个，占地55平方公里。本人为此岛之唯一统治者，并将为保卫其统治权而战斗到最后一滴血。

加林在浩渺的南太平洋上，此无名小岛除了景色秀美外，简直是一无可取，连它是属于美国、荷兰还是西班牙也弄不清，原是一个不值一提的小不点。然而美国是个讲究原则的国家，为了逮捕这个狂妄的加林，为了能在这一无名小岛上让合众国的国旗高高飘扬，他们派了一支警备舰队从旧金山出发了。

10天后，美国国防部收到了警备舰舰长发来的无线电：该岛已在我舰队监视之下，最后通牒也已发出，限期为明晨7时，到期加林不投降，将开炮轰击。

只是，3天过去，警备队犹如泥牛入海，再无消息。

不久消息传来，该岛上有加林和他的爱人，另外还有一个亿万富翁罗林格，而罗林格正在源源不断地开出支票来取钱，并从世界各地购买各档物资。他想干什么？

美国议会通过了决议：应采取更彻底的手段。

1926年，8艘美国巡洋舰起锚向"流氓岛"（各报纸如此称呼加林的这一小岛）进发。

但是，就在同一天里，世界各大城市的大邮电局都收到了一份傲慢的无线电报：黄金岛岛主加林衷心向全世界各国政府提议，希望大家不要干涉本岛内政。如有胆敢来犯者，15分钟内，其命运一如美国之警备舰队。到时，一切后果概由自负。

其时，黄金岛上强大的双曲线体器械已竖起。它高150米，犹如一座高高的灯塔。他们开凿地球的竖井进展也十分迅速。加林的目标是要打开厚厚的地壳。这下面则分别是矿滓、橄榄石层，再下面，就是金、铂、锆、铅、水银层了。待钻到这个分儿上，要多少黄金就有多少黄金了。当然，开矿的工具是双曲线体。眼下，黄金岛已有 6000 名工人。

8 艘美国巡洋舰已到达黄金岛，他们得到命令发起攻击。深夜 1 点，巡洋舰上有 4 架飞机飞去攻击岛上的军事设施，只是，有去无回。从望远镜中可以看到，他们美国的飞机就像自得其乐地在小岛上空旋转着往下坠，最后，纷纷掉进大海去了。也不知中了什么魔法。接下来，8 艘巡洋舰被莫名其妙地彻底粉碎了。这对美国舰队来说，简直是奇耻大辱。

同时，海洋里出现阿利左娜号海盗船。它不升任何旗，只装配了两座双曲线体塔。这天早上的 4 点 45 分，天像打翻了墨水瓶似的漆黑，美国的一艘客轮突然听到前面有恶魔似的吼叫声，船客们全跑上了甲板，不知出了什么事。100 米以外有人用扬声器在叫："让船停着别动！一切听候处理！"美国轮的船长叫过去："请问，你们是什么船？"对方回答："是黄金岛女王下的命令！"船长回答道："原来是女王陛下。我们可以向她提供一间二等舱和一份丰盛的早餐。如何？"话音未落，对面盗船上射来一束粗如编织针的细光束。青光一闪，船头上一个船员立即变成了焦炭，船头的一部分和一个斜桥一起断裂，嘭的一声掉入海中去了。这样一来，谁还敢动？于是用手枪武装的海盗乘了小舢板上了客轮，劫走了大约 1000 万的美元。当然，这女王正是佐雅。此后，太平洋上的客轮屡屡遭劫。

美国政府被激怒了，他们强大的太平洋舰队出发了。19 天后的早上 8 时，黄金岛上遭到了齐齐的炮击，可惜只有其中的一枚打在岛上。加林亲自上了双曲线体塔去驾驭器械。

当时，罗林格正站在海岸上。他看不见光束，只听见远处不断地传来爆炸声，他戴上了夹鼻眼镜，对准美国舰队的方向眺望，那里有黄白色的烟柱在升腾起来，有 4 个闷雷似的响声在海面上轰隆隆地滚动，后来也就完全消失了。美国的太平洋舰队被彻底消灭了。

罗林格原指望由他的祖国来为他出这口恶气，现在，绝望之余，他跳崖自杀了。

经过艰苦卓绝的努力，双曲线体已打通了橄榄石层，水银和金的化合物金汞到手了。这化合物中的百分之九十是黄金。由于这一成功，加林向全世

界宣布，他将停止一切海盗行径。

　　然而，正当加林踌躇满志，打算用双曲线体和黄金统治整个世界时，他手下的工人起义了，并成立了革命委员会。就在加林外出的当儿，黄金岛被占领，他的双曲线体塔也被毁，船长扬逊被打死。他的心血被毁于一旦。加林回来时，只来得及救出佐雅一个人。

　　他俩划着一艘小船逃生：形销骨立的佐雅把着舵，虬须满脸的加林坐在她的边上。加林想起自己的这场噩梦，不由大笑起来，说："哦，佐雅，挺有趣的，不是吗？我们将来还可以再大干一场的。"佐雅疲倦地说："我累了，加林，把我带到很远很远的地方去吧。咱们两个还是好好儿地去过安逸日子吧……"于是，他们的船向烟波茫茫的大海驶去。加林工程师宏伟的冒险就此打住。

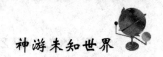

古尸复活记

　　赵林参观古尸展览，他不像有些人那样，仅仅为了满足自己的好奇心。这位年轻的生物医学家致力于一项专门的研究，已经达10年之久了。现在，乘古尸展出之便，他要在古尸的血管里寻找一种物质。这种物质，他在动物身上和人体上分别进行了多次实验，并获得了重要的数据，因而他认为在古尸上作一次采样化验，是必要的。

　　他的实验室在展览厅左侧的一间屋子里，紧连在后面的两小间是他和助手的休息室。这里环境幽静，距展览厅又近，是个理想的专门研究古尸的场所。实验室的门外是一个大花园，园里竹木掩映，有一条平直的小道与展览厅的侧门相通。但是由于有"行人止步"的指示牌挡驾，参观者不会从这里经过，所以赵林的实验室在这里显得十分安静。

　　赵林要看展品，虽然是很方便的，但仍然必须按照规定的办法进行：先到更衣室换上一套特别的御寒衣服，外加上一顶帽盔，把整个头部蒙住，仅仅露出两只眼睛。因为展览厅里的温度相当于南北极的冬季。大厅里陈列着几十具古尸，分别躺在厚厚的玻璃箱里。玻璃箱的内部充塞着一股强烈的冷气，在机械的控制下始终保持恒定的低温，从而使展品不发生物理变化。最近参观的人不多，这对于赵林来说，倒是好事，因为他可以更专心地进行观察、研究，在每一具古尸上进行采样了。

　　当他通过自动启合的隔热帘踏进展览厅时，顿时产生了一种特殊的感觉：裹在皮衣里的肌肤剧烈地颤抖了一下。这是由于气温太低？还是灯光起的作用呢？从天花板上散射下来的淡绿色光线，柔和得使人觉得有点飘然若醉，如入梦境。这儿没有讲解员，当观众走到玻璃箱前的时候，会听到不知从哪里发出的声音，仿佛是箱内的"人儿"在作"自我介绍"。

　　周围一丝声息都没有，无一个人影儿。赵林好像被古尸包围起来了，可是他还是专心致志地依次观察着。当他站在靠近大厅左侧门的最后一只玻璃箱的前面，看到里面躺着一具黑发、皮色苍白、脸部皱纹纵横、肌肉略显干瘪的女尸，她双目紧合、两眉微蹙，似乎睡得并不十分安详；她四肢平放，高低起伏……啊！躯体肌肉还保持着人体特有的线条。突然好像传来了一种低沉的不急不慢的声音："我已经长眠 300 年了。生前，我从事医务工作，却死于癌症。我知道，这是一种不治之病，发觉已经太迟，任何方法和药物对于我都已无济于事了，所以，当我感到剧烈疼痛的时候，即向科学院申请冷冻处理。这样一方面能免除我的痛苦，更重要的是好让后世了解：历史上有这样一个人，不，有这样许多人，由于科学不发达而被病魔轻易地夺去了生命……"

　　赵林听了这段话，深受感动。他久久地注视着女尸的面容：那挺直的鼻梁，微微上翘的鼻尖以及薄薄的嘴唇，似乎在哪儿见过。也许是满脸皱纹掩盖了这个特征吧？他尽力思索，终于想起来了，这个特征在他的助手——钱英的脸上，不是也很明显吗？不过，赵林立刻笑起来了，他发觉自己又在想入非非了。这女尸怎么能与钱英相比呢？钱英是个年轻姑娘，而眼前躺着的死尸至少 60 岁。简直太荒唐了！

　　"简直是胡思乱想！"赵林在心里骂自己，他发觉自己已经出了神。

　　离开展览厅以后，不知怎么，一种思想紧紧萦绕在赵林的脑际。300 年前的这个 60 岁的老妇人，尽管并不以为死有什么可怕，但是只要有可能，她总是希望活下去的。只是万不得已，才断然赴死罢了。60 岁实在不算大，按现在的标准，还是十分年轻，所以她死得很委屈。要是再活上几十年，医学水平提高了，癌症也许就不算绝症了……想到这里，他仿佛觉得这个老妇人时时在跟随着他。

　　那天深夜，赵林在电子显微镜前紧张地工作了四小时以后，已经极度疲惫了。他使劲闭了几次眼，然后走到窗前，让清凉的夜风刺激一下神经。正当他准备转身回到显微镜前的时候，他忽然发现门帘似乎在动。是的，一点不含糊，已经露出了一大条空隙，并且空隙还在继续增大。这个自动启合的隔热门帘，必须当有人靠近的时候才徐徐开启。现在，分明是已经有人靠近它了。不错，是一个黑影！它在空隙间摇晃了一下，然后立定，又摸索着走出门来，并且已经踏上了花园的水泥小道向实验室方向走来了。

谁？赵林的肌肤紧缩了一下，注意力高度集中起来。对于深夜盗窃，他是无所顾虑的，因为这些已成为历史或小说中记述的题材了，这类事早已绝迹，再说哪里会有盗窃古尸的贼。那么会是谁呢？

天际突然"刷"地一亮，在闪电的一刹那，来人的面容身形暴露了：正是那具三百年前的女尸。但是眼前的女尸出门，究竟应该作何解释呢？他深信只是科学上尚未触及到的问题罢了，而现在根本就没有时间考虑。他当机立断，迅速做好准备——随手拿起一只200CC的注射器，抽了半管烈性麻醉剂——只要等女尸走近，就猝不及防地给它来一下。然而，这一切都徒然了，那女尸摇晃了几下，就摔倒在地。这是当电光一闪的时候显示出来的……

第二天，报纸上出现了一条耸人听闻的消息：

本报快讯：昨夜雷雨交加，其势极猛，前所未有。古尸展览厅冷气设备受雷电影响，发生故障。数十只盛着古尸的玻璃箱全部爆裂。令人惊奇的是，一具女尸竟突然失踪。据有关部门侦查，展览厅地面发现足迹，确系女尸所留。侦查人员企图运用电子狗追寻，却无能为力，因为女尸的足迹在花园里已为雨水湮灭，并未留下丝毫气味。这一奇案令人莫解，实在是一个神秘的谜……

事情的经过是这样的：当赵林在实验室忘我工作的时候，兴奋和喜悦使他忘了一切，以致连震耳的霹雷也没听见。就在这样的时刻，古尸展览厅里发生了一件意想不到的事故。控制室内气温制冷机的一个零件受到强烈的雷电干扰失灵了，影响到整个机器的转动。室温突然上升。而躺放尸体的玻璃箱里的温度由于受另一机器控制却依然如故。就如一只满装着冰的厚玻璃杯突然浸入沸水那样，外层膨胀，玻璃箱顷刻撬裂。箱外的气温从裂缝里渐渐渗入，箱里的温度渐渐升高。这时候，别的尸体并没有什么变化，唯独那具300年前的女尸，肌肉却慢慢地在牵动，继而伸腿转侧，就如刚刚从沉睡中醒来那样，竟支撑着坐了起来，并且顶破了有着裂缝的玻璃箱。

这具女尸复活了，本来她也是应该复活的。300 年前，当她还活着的时候，科学院就按照她的愿望把她冷冻了。由于躯体突然降到极低的温度，全身细胞里的水分来不及结冰而形成玻璃化状态，就使细胞都完整无损。其实，科学史上记载着很多关于动物冷冻复活的事例。说得更准确些，这些冷冻的动物不是死亡，而是休眠。它们的复苏，也必须是在体温逐步升高的条件下才能办到。

如今这个休眠了 300 年的老妇人——不，应该说中年妇女——也是在同样的条件下复苏的。另外，可能是由于强烈的雷电使她体内的生物电流发生感应并且渐渐强烈，支持她从破碎的玻璃箱里爬了出来，又摸索着走向就近的左侧门，通过自动启合的门帘，又踏上花园的水泥小道，走了短短的一段路程。但是，她毕竟是沉睡了 300 年的人，在雷电停息以后，她体内的生物电流也逐渐减弱，因此她又颓然倒下了。

当报上刊登出这条新闻，人们议论纷纷，热闹非凡的时候，赵林却什么也不知道，因为他正和助手钱英忙得不可开交。女尸进入花园摔倒在地之后，赵林立刻放下"武器"，去休息室唤醒已经入睡的助手钱英，一起将女尸抬进室内。当时，侦查人员万万也想不到，这具女尸就在眼皮底下；而且，他们也决不会贸然地闯进实验室里去。因此成了一个悬案。

在气温适宜的室内，那女尸渐渐地睁开了眼。经过检查、分析，确定她是长期休眠以后的复苏。几天的忙碌，使赵林暂时忘却了自己的科学实验即将获得成功这件大喜事，代替它的是另一种喜悦，那就是复苏人的癌症已经治愈，健康也渐渐有了起色，并且她已经能够勉强行动，只是显得十分衰老。赵林很想继续进行他即将成功的科学实验，却又不得不暂时放手，因为科学院的学术报告会就在明天举行，而他正是主要发言人之一，因此，他只能向钱英告别了。

赵林的学术报告虽然并不是关于"古尸复活"的问题——这个专题已经陈旧了——却和古尸有些关联，因为他从古尸的血管里作细胞采样，为他的学术报告增添了一个数据。

他的研究工作实际上是以幻想开始的。动物和人为什么一定要从年幼到年轻然后衰老呢？为什么不能从衰老回复到年轻又到年幼呢？在一般人看来，这是想入非非，因为人们把一些日常所见的现象看作是理所当然，而不屑去探求"为什么"。赵林像所有伟大的科学家那样，具有那根问底的性格。他开始从动物的身上抽取血液，寻找各种基本因素，发现一种叫做 T 淋巴细胞的物质在衰老动物同幼小动物体内，它们的质和量是不同的。人体也是如此，T 淋巴细胞随着年龄的增长而减少，质也逐渐降低。古尸的血管里，连一丝一毫的残留痕迹也找不到。早在几年以前，他从一只幼小的白鼠血液内分离出一些 T 淋巴细胞，冷藏起来，等待这只白鼠衰老时再注射到它体内。实验的结果是令人满意的，那衰老的白鼠忽然变得活跃了，从行动上考察，同它幼年时不相上下。各种寿命短的小动物都实验过了，得到的结果是同样的。但是，一只高等动物从它的幼年到老年，是要经过一段漫长的时间的，这项科学实验等不到那么长的时间，可又不能用一只幼小动物的 T 淋巴细胞注射到另一只老年动物的体内去，否则会产生排异性，引起严重后果。赵林进一步分析了 T 淋巴细胞组成的各个单一物质，试图用化学的方法来合成。经过 3 年的时间，人工合成的 T 淋巴细胞产生了，它适用于一切动物。后来又在这种人工合成物质中加进了某种激素，效果特别显著。就只剩没有在人体试验——这就是他还不能说"完全"成功的原因。但是他的学术报告却赢得了科学家们的热烈赞誉。

所以，他是怀着异常兴奋的心情踏上归途的。当他跨进自己工作室的时候，迎面看见自己的助手钱英，就迈前一步，紧紧地握住了她的手，说：

"从今天起，可以进行最后的一个步骤了，钱英，你……"

他忽然发觉钱英睁大眼睛，怀疑地盯着自己，不说话。怎么？她变了，是什么原因使她变得这么呆滞？

"赵林，你回来了！"

回头看，又是一个钱英，正推门进来。

"什么？这是怎么回事？"赵林惶惑地说。

"你认为她变得很快吧？"钱英微笑着，"这是你研究的成果呀！"

赵林这才恍然大悟，是钱英将人工合成的 T 淋巴细胞注入复苏人的血液

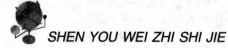

中，出现了奇迹。在又一次紧紧地握了复苏人的手以后，他仔细地辨认了她同钱英之间的面容，那挺直的鼻梁、微微上翘的鼻尖、薄薄的嘴唇确实相像。这样的巧合不能不使他因感到离奇而激动起来，但是他马上就平静下来了，因为他想起，在古书上就记载着孔子与阳货面貌酷像的事；1944 年，英军杰姆士中尉冒名顶替蒙哥马利元帅，由于两人面貌酷似，竟连受过盖世太保严格训练的德军间谍也难辨真假。纵观古今，横览世界，在恒河沙数般的人群，面貌酷似的事例恐怕也不是个别的，何况所谓酷似，也并不是完全相同。就眼前的两个人来说，如果仔细比较，就不难发现毕竟还有互不相似之处。

"雄兔脚扑朔，雌兔眼迷离，双兔傍地走，安能辨我是雄雌？"复苏人已经变成个年轻人，这就难怪赵林一时难以辨认了。

他忽然又想了《聊斋志异》里的《尸变》，"从古尸到一个年轻姑娘，这不是尸变吗？"这话只是在他自己的心里说，连一丝神情也没表露出来，因为眼前站着的这个人正是尸变的主角。

能进行光合作用的绿姑娘

真真生病了！本来，一个 14 岁的小姑娘得了病，也不是什么了不起的大事，只要请医生看看，吃点儿药，病就会好的。但是真真，可就不同了。

真真是我的宝贝。在她身上，寄托了我全部的爱。妻子死得早，留下 5 岁的女儿，我把她带大，她是我唯一的亲人。每次真真有什么不舒服，我总免不了焦急、担心，可万万没想到，真真这次得了一种谁也没见过的怪病。

那是在暑假开始的时候，我打算带真真到太平洋上去游览。一切都准备就绪，连轻便的自动控制快艇也买来了。然而就在将要启程的时候，我工作的植物研究所，开始了一项新的重要研究工作。我脱不开身，没办法，只好让真真和她的几个同学结伴去旅行了。

暑假结束前夕，真真回来了。她给我讲了许多旅行奇闻，她告诉我，她们在太平洋南部的海域中，发现了一个美丽的无名小岛，岛上住着善良好客、长着绿头发绿皮肤的人，在他们的热情挽留下，真真和她的三个同学，在岛上生活了两个星期……当然，在那浩瀚的太平洋上旅行，看到许多奇怪的新鲜事，是很自然的。因此我听了并不感到惊奇。

可是，过了不到一个月，在她身上发生了很大变化，我不仅感到惊奇，而且有点儿担心了！虽然她依旧很活泼，但是饭吃得少极了，每天要喝大量的水；最可怕的是，她那洁白的皮肤，渐渐变成了淡绿色；一头乌黑卷曲的头发，也慢慢变成翠绿的了，就像她说的无名岛上的绿发人一样！同真真一道旅行的三个同学，也和真真的境况一样，全都变成绿姑娘了。

对我这个做父亲的来说，无论真真变得怎样，她总是我的女儿。真真和她的同学为此感到苦恼，我当然也分担了女儿的痛苦。

我带着真真到处求医，可是医生们都说不出得这种怪病的原因，只是推测，可能是体内缺乏某种营养成分或某种色素的缘故。至于真真讲的那些绿发人的有关见闻，他们听后只是笑笑，认为那只不过是个美丽的故事而已，并不符合科学的逻辑。

然而，我完全相信女儿的话。真真和她同学的头发和肤色的变化，显然与那个无名小岛有关系。我暗暗下了决心：一定要找到那个奇怪的无名小岛，寻找真真她们得病的真正原因。而且，我凭着一个植物学家的职业敏感，预料到在那个小岛上，将会有一次惊人的发现……

小艇在水天相接的太平洋波涛上颠簸前进，浪花追逐着轻轻欢唱的小艇，海鸥绕着小艇快活地飞翔。我顾不得欣赏大洋上的美丽景色，而是一门心思地用仪器观测着太平洋浩瀚的海域，按照真真她们指点的那个无名小岛的经纬度前进。

已经是第三天的早晨了。我照例凭着船舷，眺望无际的洋面。这天，风平浪静，天空被灿烂的朝霞染红了。当太阳从海水中跳出来的时候，金光照在海面上，一耀一闪，就像是千万条鲤鱼在跳跃。就在太阳升起的地方，我隐隐约约看见一群珍珠似的小岛。

小艇朝群岛驶去，渐渐地临近了。只见那群荒无人烟的岛屿中，有一个小岛与众不同，上面长满了苍翠的树木。在那茂密的林木中，隐约可见用石头砌成的白色房屋。啊，这不就是真真她们来过的那个神奇的小岛吗?!

我兴奋地登上了小岛，沿着林荫小道向前走去，一幢幢白色小屋上，升起缕缕炊烟。我登上一座遍地开满鲜花的山丘，深深地呼吸了一口新鲜空气，举目向全岛眺望：只见在小岛的中央，有一个碧波粼粼的小湖，就像一颗闪光的明珠镶嵌在翠玉环绕的岛上。

我按照临行时真真告诉我的路线，来到村头上一座小白屋前，轻轻敲了敲门。果然，开门的是位身材高大、绿皮肤绿头发的女人。她惊异地打量着我。我打开随身携带的"译意风"———一种专门翻译各种语言的工具——对那女人说：

"您好。您是莎娜大婶吧?"我见她点头，接着说："我的女儿真真和她的同学，上次在您这儿做客，受到您盛情的招待，特意来表示感谢!"

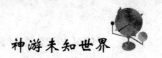

莎娜大婶一听我是真真的父亲，立刻笑了。她用土话对我说："欢迎，欢迎！请进屋来吧。"

上次真真在莎娜大婶家住了两星期。这次，她又像招待真真一样，热情地招待我。可是由于真真的教训，使我不得不婉言谢绝她的一片好意。我不敢吃岛上的东西，只好从小艇上搬来带来的食物和饮料，也请莎娜大婶一家尝尝外乡来的美味。

饭后，莎娜大婶带我到岛上看看。一路上，人们都有礼貌地向我打招呼。我发现，一旦看习惯了，就觉得岛上人的皮肤和头发美丽极了，那颜色像春天翠绿的树叶，既新鲜又悦目。和他们相处，不但感到很习惯，而且心里也有一种说不出的愉快感觉。不过，有些老年人的头发和皮肤就不那么鲜艳美丽了，他们的头发和皮肤，像秋天阔叶树的叶子一样，微微泛黄了。使我吃惊的是，莎娜大婶告诉我，有的老人已经200多岁了，岛上人的平均寿命，可活到180多岁呢！

我还发现，小岛上不仅有绿色人，而且还有绿毛兔、绿毛羊和夹杂着黄色的绿毛鸡。特别是那些浑身长着绿毛的小兔，活泼可爱，散在草地上，浑然一体，使人很难分清哪儿是草，哪儿是兔子。

莎娜大婶得知我想研究这绿色皮毛的奥秘时，先是大笑了一阵子，然后表示尽她的力量来帮助我。她把最干净的房间让给我作研究室，又帮我从小艇上搬来了应用的仪器。

我化验了绿毛羊、绿毛兔的毛和莎娜大婶的绿色长头发，可是化验结果却使我大失所望。毛发中除含铜量较高外，其他成分与普通毛发没有什么差异。那么究竟是什么原因使这个小岛上的居民生长着绿色的头发和皮肤呢？为什么南太平洋其他岛屿上的居民不是绿色头发和皮肤呢？一个个问号在我的脑海里跳跃，使我吃不好饭，睡不着觉。

我研究了岛上的土壤，除了肥沃之外，没有异常的地方；我研究了岛上的树木、蔬菜和稻谷，发现植物中养分特别充足。莎娜大婶告诉我，这儿的稻谷生长期只需要20多天！我检验了各种树的叶子，发现它们的释氧功能特别好，要比其他地方的绿叶植物强三倍以上。怪不得岛上的空气这样新鲜纯

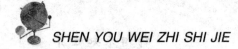

净，原来有个天然的氧气大仓库呢！可是，植物的这种奇异功能是怎么得来的呢？我猜测，可能与岛上居民的绿色皮肤和头发有关系。我不由得想起那个清澈闪光的岛中湖。

我来到湖边，装了一瓶湖水带回研究室，紧张地工作起来。时间慢慢地过去，额上的汗水擦干了又流下，终于，令人满意的结果出现了：在湖水中发现了一种奇异的催化剂，它能够把血红素转变为叶绿素。这是什么道理呢？原来，人体血液中的血红素和植物中的叶绿素的分子结构极为相似，只是核心原子不同。血红素的核心原子是铁；叶绿素的核心原子是镁。人喝了一定量的湖水之后，由于湖水中那种奇异的催化剂的作用，使血液中的血红素转变成了叶绿素，红血变成了绿血，并透过皮肤，现出淡淡的绿色，就像春天嫩绿的树芽一样，美丽极了。头发在皮肤发生变化之后，随着产生了化学作用，渐渐地也变成了绿色。

无名岛上绿发人之谜终于揭开了。岛上的居民靠这种神奇的湖水的力量，和植物一样进行大量的光合作用。他们只需要极少量的食物来满足食欲，却用大量的水分来维持体内的需要，他们的身体都很健康，精神都很愉快，可以说，是地球上最长寿的人。我的女儿真真和她的三个同学，在这儿生活了两个星期，神奇的湖水也慷慨地赐给了她们一种异常的美丽。当然，真真并没有生病。虽然她的皮肤和头发变成了绿色，但是，绿色不正是青春、美好的象征吗？

我怀着喜悦的心情结束了在岛上的研究工作。临别前，特地装满了一大桶湖水，准备带回去继续研究，我告别了岛上淳朴的人们，告别了诚挚善良的莎娜大婶，恋恋不舍地离开了无名岛，驾船返航了……

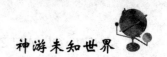

灵魂仓库案

一个人的寿命实在也太短了一点，1 至 7 岁是尽情嬉戏、一事不懂的日子；7 至 20 岁是艰苦学习，打好基础的岁月；20 至 40，甚至 50 岁是摸索、奋斗、创造的时光，刚刚有所发明，有所发现，对世人有所贡献了，不料生命已走到了尽头，于是撒手西归，一切化为乌有，一切又需重来。如果死鬼是个碌碌无为者，这自当别论；但如果寿终的那位是个在科学、文化、艺术上有卓越贡献的人，那，实在太可惜，太可惜了。

时代发展到这个分儿上，什么都变得聪明起来。于是，也不知是谁，发明了这么一件好东西，即临到此人（指有成就的人）将死，只消将一个罩儿罩在他的脑袋上，嗒的一声按下开关，这人的聪明才智及自我意识就源源不断地输进了计算机，给贮存起来。这样一来，此人的遗骸虽然被送进了火葬场而灰飞烟灭，但他的灵魂和思想还活着，还会发展，还会创作，还会对活着的人们做出贡献。这实在是件大好事。人们拿这类计算机称之为"灵魂仓库"。

只是，天下的事祸福相倚，这样的好事儿也会变成坏事儿。这些灵魂仓库竟落入了贪得无厌者之手。这些个贮存在计算机里的灵魂实在是笔偌大的财富。他们永远不死，可以不知劳累地不断创造发明，却又无需吃喝穿住，也就是说他们始终付出无需供给。在我们讲这故事的当儿，灵魂仓库正巧落在一个名叫奥列格人的手里。

这天，侦察员齐玛正懒洋洋地躲在空调室里，突然电话铃响了。打电话的正是他的老相识和画友奥列格，"喂，齐玛，怎么，睡着了?"

齐玛没好气地说："不，还没睡着，只是也跟睡不差什么，瞧这个鬼天气，闷热得叫人够呛，连想出去散散步也不成。"

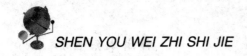

奥列格说："对不起，务请你马上来一趟，我有点事相求。"

"好吧，真拿你没办法。"于是齐玛老大不情愿地走了出去。

一走进奥列格的办公室，齐玛劈头就问："坦白告诉我，老家伙，你又遇到什么麻烦了？"

奥列格是个 50 岁上下的人，身材魁伟，一对小眼睛倒是挺灵活的。

他笑笑道："你知道我是搞控制论和电子计算机技术的研究。"

齐玛道："这早已是旧闻了，你掌握着灵魂仓库，你是在发一本万利的大财。我要问的是你今天遇到什么麻烦了？"

奥列格叹了口气，将这件事告诉了齐玛。

5 年前的有一天，一架国际航班的飞机在俄罗斯失了事，将死未死的人中间有一个名叫路易的外国年轻人，才 30 岁，是位核物理学家。于是，奥列格也不管他本人同意不同意，将他的灵魂和思想收进了计算机，然后，把他的尸体还给了他的母国。起初，一切顺当，路易在核物理上造诣很高，称得上是个大天才。他是个从不过问哲学和政治的人，这正好合奥列格的胃口，因为奥列格是个精明的生意人，也不喜欢政治。不料，最近，这位年轻人的记忆被抹掉了。

正说着，进来一个 50 岁以上的男人，大大的额头，两鬓斑白，蓄着一撮白胡须，一只鹰钩鼻，清灰的眼睛带着冷酷，时不时地射出凶狠的光芒。奥列格恭恭敬敬地站起来，向齐玛介绍，说这位叫伏洛佳，是……是他必须听命于他的政府要员。齐玛原以为奥列格只是一个贪婪的企业家，不料，他已将这计算机卖给了一个搞政治的人。而这个搞政治的人却牢牢地将奥列格抓在手里，造成一个假象。

据伏洛佳介绍，开始时，路易只乖乖地干他们要他去干的事。他所需要的资料，他们就一一输给他，事情进行得十分顺利。可是，半年前，他突然提出，他想与他的女朋友蒙妮卡在月下散散步，还想听听她为他朗诵诗，一会儿又说要到湖里去划划船，抽抽烟什么的。这可是件难以办到的事。伏洛佳无可奈何，只好输入一些有他要求的画面的电影进去搪塞，但是无济于事，路易并不满意。他一个劲地唠唠叨叨，他要求来真格的。起初，伏洛佳就试着对他的要求不予理睬，这样一来，路易就罢工，不干正事。没奈何，他们就去电子公司找这种计算机的设计人员。那些人建议用相应的电脉冲来象征性地满足路易的要求。

伏洛佳狡诡地笑笑说："你是要问脉冲又怎么能够满足各种愿望吗？哈，我知道你要问。其实，也很简单。在动物身上早就做过实验了，靠计算机和附在它们头上的电极，可使饥饿的动物有饱食之感；同样，能使镇定的人光火，也能够使狂热者安静下来……现在，当路易想抽烟时，一个雪茄的脉冲送进电脑；当他想坐在溪畔垂钓时，他马上就会感到身临其境。"

齐玛苦笑笑："这么说来，你们是用一个橡皮奶头塞给一个饥饿的孩子啰？"

伏洛佳耸耸肩膀，继续讲下去。他说，只是，好景不长，路易渐渐又骚闹不满起来，情绪明显变坏。他只关心自己的命运而不工作。后来，索性将一切都整个儿抹掉了，也就是说，路易这个人的思想消失了。

最后，伏洛佳不吭声了，约过了3分钟，他凶狠地问："我要知道的，是谁将他抹去的？侦察员先生，请您侦查一下，这是谁捣的鬼？"

齐玛平静地问他："您有值得怀疑的对象没有？"

伏洛佳说："还没有。但是，外人是不能进入的，这点可以排除。我敢打赌，是一个年轻人干的，一个地地道道的卖国贼！因此，它关系到国家的最高利益。这家伙一直在围着计算机转，企图窃取国防绝密资料，然后高价卖给外国，当他遭到路易拒绝后，他就干脆将他抹掉了。现在，侦察员先生，一切要看您的了，案子一定得弄个水落石出。我们非除掉这个后患不可。"

走出办公室时，奥列格怯怯地问齐玛："需要检查一下计算机吗？"

"暂时不忙。"齐玛心不在焉地说。

齐玛走出了这座大楼，坐进自己的汽车，他一动不动，心头很是沉重。谁又能猜到，这座灰扑扑的大楼竟是一个个的灵魂仓库，其中保存着数不清的早已故世的学者、科学家和艺术家的思想。这些不幸的人生前操劳了一生，死后仅按某一个人的意志活着，在思维，在工作，在创造发明，在做某一个人的奴隶。然而，他们也像路易那样，各人自有各人的悲伤。

坐了 10 分钟，齐玛又走进了大楼。他遇到的第一个人是个秃顶的瘦子。

齐玛问："请问，原来负责管理有关路易这一部分的工作人员是哪一位？"

这个瘦子道："您说的被抹掉的那个路易吗？噢，工作人员是珂斯加，他十分尊敬路易，可以说是他无话不谈的朋友，只是，今天您不巧了，他心情不好，他被怀疑是抹去记忆的人。"

"请问，眼下，他在哪里？"

"八成在一楼酒吧间。他的个头不大，两肩开阔，头发黑而卷曲……"

齐玛找到了珂斯加，将证件给他看了看。

珂斯加冷笑着说："这么说来，首长是派密探来了。您找我有何贵干？"

齐玛说："您放心，没有谁派我来找您。他们只是怀疑这是一个左派分子干的。"

珂斯加轻蔑地说："他们是盯上我了，我谈不上是左派，只是对他们有些观点看不上眼，如此而已。他们要怀疑就怀疑去吧。"

齐玛将椅子移近一点，说："请您告诉我，您知道路易是干什么的吗？"

"这个嘛，是机密，我无可奉告。"

"好吧，不谈这个，平日里，您与他是有思想交流的，谈话中你们谈到过他这份工作对人类的利弊吗？"

"谈是谈一点。但他是一个不问政治的人，我们是莫逆之交，我不会抹掉他，这案子与我屁事不相干！"

齐玛盯住他的眼睛："我想，对这案子您是一清二楚的。"

"凭什么您下这个结论？"

"您自己说的，你们是莫逆之交，无话不谈。"

珂斯加霍地站了起来，脸红脖子粗地说："那又怎么样？咱们的谈话到此打住。您是负责侦查的，您侦查去好了。到时候就看我的高兴了。"

说着，他扬长而去。

回家后，齐玛一肚子懊恼地躺在床上沉思。这案子很棘手，伏洛佳他们的勾当叫人恶心，还企图将这件事扯到政治上去。这显然是别有用心。

齐玛决定去电子公司。在那里，他找到了灵魂仓库计算机的制造人之一，长着一个硕大脑瓜的尤拉。据他说，模拟心愿的电子脉冲只能在短期内有效，过不了多久，路易就戳穿了这一欺骗，他很不高兴。于是伏洛佳提出，要将路易个人的情感、兴趣、爱好、欲望统统从它的记忆中抹去。

齐玛跳了起来："简直是个混蛋！怎么能这样做?！路易也是个人，他可是个有思想的活人呀！"

尤拉笑笑说："齐玛先生，您别看得太认真，路易是计算机呀。"

齐玛气得脸都白了："如果此话出自伏洛佳先生这类人之口，我不怪他们，他们……他们全是些冷血动物；可您，是这个系统的设计人员，也说这个话，您难道不感到羞耻吗?"

尤拉摇摇头说："您的话或许是对的，只是伏洛佳先生是雇主，我是设计人员，只好满足他的全部要求，让路易变成一个只会工作的机器人。您找我，是出了什么事了?"

"告诉您吧，现在，路易的记忆已整个儿被抹掉了。世上再没有路易这号人了……"

第二天，齐玛又在酒吧间找到了珂斯加，当他知道齐玛找过尤拉后，他爽快地说："好吧，我什么也不隐瞒，告诉您吧。"他咕咚咕咚喝下了一大杯酒，将一切都说了。

原来，当伏洛佳决定要将路易的个人情感、兴趣、欲望除去时，珂斯加当然反对，但是，谁又能逼使伏洛佳收回成命呢?

这天，当珂斯加走到计算机前时，他们又开始对话了。

路易说："你怎么啦，珂斯加，今天你很不高兴?"

珂斯加心情沉重地说："唉，好朋友，你的轻佻招来了大祸，什么蒙妮卡啊，什么花前月下啊，什么小溪森林啊，现在，他们已决定要除去你个人的一切感情和欲望。"

路易道："是吗？这真是岂有此理！就技术的可能性而言，他们完全做得到这一点。可是，谁有权利这么做？我是一个人啊。"

"叫我怎么说呢，路易，你以前也是受人摆布的。"

路易沉默了一阵子，突然问："你说，珂斯加，他们干吗这么仇恨我?"

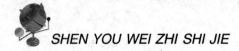

"这谈不上仇恨。伏洛佳这帮人要的是你老老实实待着，为他们制造去杀人的武器……可你总是要这要那的。"

"为什么我不能要这要那，我虽然不过问政治，可我是个活生生的年轻人……"

这天，他们两人一直谈到天黑。

第二天，珂斯加一直怕上工作间，一直到天黑他才忍不住又去找路易。

珂斯加说："路易，你感到怎么样？"

路易漠然地反问："换了你，你能活下去吗？"

珂斯加说："真那样的话，生活已失去了意义。"

路易说："正是。我想，你以后会了解我的，别了！"

于是，他将与外部的联系给切断了。

珂斯加伫立了片刻，一个不祥的念头使他拨动开关，转动手柄，屏住气将与外部联系的揿钮一一按了一遍，计算机已反应全无，只从打字机口吐出一条纸带。

珂斯加从口袋里掏出这纸带来交给齐玛。上面写道："亲爱的珂斯加，我不能这样生活，在这个什么事都干得出来的社会里，唯有你是正直的，愿你能生活得更好，生活在一个允许人有点儿起码欲望的社会中。永别了！"

齐玛又见到了伏洛佳，他指着伏洛佳的鼻子，说："先生，这案子再明白也没有了。正是您，杀死了路易！确切地说，是您逼着他自杀了。您满意了吧？！"

他砰的一声带上门，大踏步走了出去。

大脑无线电广播

大雨哗哗地下。雷声隆隆地响。整座山头像是给浓雾包围住了，阴沉沉的。

骆驼峰上的飞龙洞里，蹲着两个躲雨的少年，一个叫大牛，一个叫火生。这两个人，满脚是泥，光着上身，打湿了的衣服，晾在一块干石头上，旁边还有两个沉甸甸的背包，背包里尽是些小石头。

大牛蹲了一阵，朝洞外看着，说道："雨还那么大，大概不会停了。"火生说："今天再不能采标本啦。待在这儿干什么呢？还是让我跟爸爸联系一下。"

"哈哈……哈哈哈，"大牛大声笑了起来，"你呀，又没有无线电话，怎么联系呢！现在，除了我们两个以外，大概谁也不知道咱们躲在飞龙洞里。咱们真像个探险家。"火生听着没有作声。他想，爸爸早上嘱咐过，有什么事，就静静地想想，一个字一个字地想，爸爸就能知道我发生了什么事。这叫什么大脑广播，是最近试验成功的。

"我说大牛，你别吵，让我试试那个大脑广播，行不行啊？"

"什么叫大脑广播，听我的。"大牛干咳了两声，咽了一口口水，拉长了嗓子，嚷了起来，"大脑广播电台。现在开始广播。我们是龙虎山小学标本队，当我们接近最高峰的时候，突然遭到暴风雨的袭击，不得不停止前进。现在，十三级暴风还没有停止……"

"大牛，大牛，你怎么搞的。最大最大的风也只是十二级，哪儿来的十三级暴风。"火生打断了大牛的"广播"。

"怕什么，反正谁也听不到我的广播。"大牛停了一停，仍然拉长嗓子喊叫，"大脑广播电台。骆驼峰消息：标本队员两人被暴风雨围困在飞龙洞里，

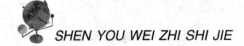

等待救援。要是大雨下个不停，队员准备在飞龙洞里住上一夜……"

"大牛，别开玩笑啦。说正经的，今天晚上回不了家，让你住在这儿，你还不敢呢！还是静一静。让我来跟爸爸联系联系。"

"好吧。"大牛终于停止了"广播"。但是，只停了一会，又说起话来，"你爸爸说的那个大脑广播，太玄了，我又有点不大相信。先别说别的，我就不相信大脑里有电。"火生笑着说："前些日子，我的病——'羊角疯'忽然又发作了，我上医院去看病，张大夫给我做了个什么脑电图检查。真有意思，他在我的脑门上装了几个电键，电键后面接着电线，电线通到一支笔上。结果笔就在纸上画了个'图'。"大牛好奇地问："什么图？"

火生说："哦。这不是真的图，是一条条曲线。张大夫说，要用脑子里发出来的电流，在纸上画出些曲线，从那些曲线就能看出脑子有没有病……"

"脑子里真有电！有点意思。"

"那么说，你相信人身上有电啦。"火生把头伸出洞外看了看天，雨还下着呢，他回过头来对大牛说，"你先等等，一会儿我给你讲个故事。可现在你得安静下来。我来试试。"

洞里难得地平静了下来。两个人默默地坐在那儿，火生这时集中地想着一件事，该给爸爸广播了。他在心里拟好草稿，默默地说："爸爸，我和大牛在飞龙洞躲雨，雨老下个不停，请您派直升机来接我们。你要不来，我们今晚只好住在洞里。"

大牛乖乖地坐了一阵，也不见火生说一句话，猜不透他在想些什么，实在闷不住，终于张嘴了："喂，你说的要讲个故事。"

火生接着说："好吧，你听着。这可是我亲眼看见的。有一天，我有事去找爸爸。推开爸爸办公室的门一看，一个人也没有。我想，他大概一会儿就能回来，就坐在那儿等，等着等着，我突然听到一阵沙沙响的声音。顺着声音看过去，怪啦，好像有一只手在那儿移动。再细细一看，那是只金属做的手，沙沙沙地在纸上写字。这多怪呀，旁边没有什么人，那只金属手却会自己动起来，而且还写出一手挺漂亮的字，那纸上写的是'利用生物电来指挥机器，是自动化的好办法。'我看迷了，看来看去，还是看不懂那只手怎么动起来。后来，我才知道，当时爸爸正坐在隔壁房间里，在指挥这只手呢!"

"他怎么指挥的?"

"他脑子里想着要写什么字，那只假手就会把这些字写出来。"

大牛听着更奇怪了:"这是怎么回事?"

"爸爸说，每个人身体里都有电，叫做生物电。大脑在想事的时候，会发电，电流通过假手，假手就会把大脑想的字写出来。从那以后，我才知道，人的身体还是部挺复杂的发电机呢!"

"有趣，有趣。照你那么说，世界上真有大脑广播电台，嗨，让我来正正经经地广播一下。大脑广播电台，大脑广播电台……"

"大牛，你那个广播，谁也收不到。你没有这个。"火生说着，指指头上戴的帽子。那顶帽子看起来像顶钢盔，后面还直立着一根金属棍，戴在头上显得很有精神，"这是爸爸让我戴着的。他说戴着这顶帽子，我想什么事，他全知道。你整理整理矿石标本吧，别说话。让我再想一想，也就是再广播一次。"

大牛打开背包，去整理标本。火生先定了定神，又开始想了起来:"爸爸。我和大牛在飞龙洞躲雨，雨老下个不停，请您派架直升机来接我们，你要不来，我们今晚只好住在洞里。"

过了一阵子，忽然听见噗噗噗的声音，一阵比一阵响。两个人披上衣服，急忙往外跑，朝天上看去，啊，一架直升机来了。这是爸爸常坐的"全天候"直升机，什么风呀，雨呀，雷呀，黑夜呀，它全不怕，什么天气都能飞。

直升机在天上飞，大牛他俩在地上跑，手里拿着红领巾在头顶上挥动。直升机停在天上不动了，扔下来一副绳梯，大牛像猴子似的，一下就爬上绳梯，钻到直升机里。火生收拾了一下背包，这才爬上飞机。

"爸爸。你收到我们的广播了吗?"

"收到了。"爸爸从提包里摸出一个小机器，外表活像架照相机。他说，"这是架特制的接收机，你们那儿一'广播'，它就能收到，好像你在跟我讲话一样。而且它还能把声音录下来，随时都能放出来再听。你们听，这是不是火生刚才想的事?"

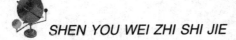

爸爸打开收音机，重新广播了刚才收到的大脑广播："爸爸：我和大牛在飞龙洞躲雨，雨老下个不停，请你派架直升机来接我们，你要不来，我们今晚只好住在洞里。""真灵，大脑也能广播。这是不是利用生物电？"大牛惊奇地问。

"是的。不过，说得准确点是生物无线电。我们的大脑里，不但有生物电，在想事的时候，还像个小小的无线电台，往外发射无线电波。我用接收机把你们大脑发出的无线电波接收下来，就知道你们在想些什么事了。"

"大脑是座电台，那干嘛火生广播的时候，还要戴那顶帽子？"

爸爸说："大脑电台的无线电波太弱了，很难接收。戴上帽子，它会把无线电波放大，这样才能收得到。"

"哦，原来是这样。"大牛说完话，急忙把火生头上那顶帽子抢过来戴在头上。"我来试试。"于是，他在默默地说，"大脑广播电台，现在开始广播。龙虎山的标本队员已经安全脱险，在暴风雨中登上直升机，顺利返航。"这时，在爸爸的小机器里，已经把这些话记录了下来。火生笑了笑说："你的广播，现在真有人收听啦。"

人鱼传说新传

天暗下来了，乌云似千军万马般在天边翻涌。大海像被谁激怒了似的咆哮起来，"卡喳"、"轰隆隆"闪电交加，紧接着雨"刷——"地倾泻下来。一场暴风雨降临了。

过了整整一个上午，暴风雨才平息下去，风浪把许多海里的生物抛上海岸，有的已经死了，还有一些在岸上挣扎着。

从海边最大的一块礁石后面转出一个身材匀称的英俊小伙，他全身赤裸着，身上披满细细的鱼鳞，闪着丝丝的蓝光。他的手像青蛙爪一样，手指长长的，绿色的脚上长着鸭子似的蹼，仔细辨认，还可以发现他的耳朵下面有两张薄片，好像是鱼鳃。他，就是附近渔民盛传的"海魔"、水陆两栖人伊赫季安德尔。有时他会帮助人，有时他又会伤害人，更不可思议的是，他会说一口流利的西班牙语。

"海魔"伊赫季安德尔沿着海岸徘徊着，搭救可以救活的动物。他看到被扔进水里的鱼快活地摇着尾巴，心里非常高兴。在岸边捡着大鱼的时候，他把它抱到水里。鱼在他怀中扑腾，他就哭起来，劝它别害怕，再忍耐一会儿。

最后的阳光消失了。西方还有一抹暗淡的晚霞，晦暗的波浪仿佛深灰色的影子般一个追着一个奔过来。伊赫季安德尔玩累了，准备回城堡去。突然，他发现前面的沙滩上还躺着什么东西。

走近一看，他发现那是一位昏死过去的漂亮姑娘。伊赫季安德尔立刻背着姑娘上了岸，把她抱到灌木丛背后的阴影里，用手做人工呼吸，使她恢复了知觉。

他觉得姑娘的眼睑似乎颤动了一下，睫毛也微微动起来，他把耳朵贴近姑娘的心脏，听到微弱的跳动声。"她还活着……"伊赫季安德尔快乐得叫出声来。等到发现姑娘没什么危险以后，他又跳回大海，游回城堡。

伊赫季安德尔住在"天神"萨列瓦托尔的城堡里。萨列瓦托尔之所以被称为"天神"，是因为他为许多人治好了病，直至把快死的人都治活了。

回到城堡，伊赫季安德尔情不自禁地把海滩上发生的事，告诉了慈祥的老仆人克里斯多，他说他喜欢上那姑娘了，恳求克里斯多带他进城，他希望能在城里再碰到她。克里斯多答应了。

第二天，伊赫季安德尔游出海湾。他上了岸，穿上克里斯多为他准备好的衣服，便进城去了。

克里斯多把水陆两栖人带到弟弟巴里塔扎尔家。巴里塔扎尔的养女古绮爱莱正好从外面回来，伊赫季安德尔一见，猛地一惊，原来她就是那个海滩上的姑娘。他发现自己已深深地爱上了这姑娘。

古绮爱莱走进屋，对养父、采珠能手巴里塔扎尔说："爸爸，我和奥列仙在海边玩，不小心把项链掉进海里了。求您帮我找回来吧。"

巴里塔扎尔说："你是不是又到兽嘴崖去玩了，那里掉了东西，可不好找啊。"

伊赫季安德尔说："美丽的姑娘，别伤心，我去帮你找吧。"他说完就跑了出去。

过了一会儿，伊赫季安德尔拿着项链回来了，把它交给了古绮爱莱。看着古绮爱莱高兴的样子，他心里也挺快活的。

以后，每天晚上伊赫季安德尔都要游到兽嘴崖去，上岸穿好衣服，等古绮爱莱。他们已经成了好朋友，常在一起散步、交谈，有时，长久地坐在海边。拍岸的波涛在脚边喧闹，星星眨着眼睛。伊赫季安德尔觉得很幸福。

一天，伊赫季安德尔和古绮爱莱正在岸边谈心，古利夫船长来了。他想娶古绮爱莱为妻，可是姑娘很讨厌古利夫，当然不肯嫁给他。

伊赫季安德尔不愿别人看到他，就从岸上跳到海里去了。古绮爱莱却以为他自杀了，伤心得大哭起来。她急忙叫古利夫去救人。可古利夫却无动于衷。

此后，古绮爱莱一直没有去海岸。伊赫季安德尔见不到她，心情糟透了，就常到海里去和采珠工人捣乱。

一天，他遇到古绮爱莱的朋友奥列仙，立刻抓住她，问："奥列仙，你知道古绮爱莱现在怎么样了？"

"古绮爱莱已经成了别人的妻子了。她嫁给了古利夫。"

"可是她……她爱的是我。"伊赫季安德尔抓住奥列仙，轻声说："她怎么会愿意嫁给古利夫呢？"

奥列仙告诉他，一天古绮爱莱要出去，古利夫开着一辆崭新的轿车来到巴里塔扎尔家门口，想开车送她。可是古绮爱莱拒绝了他，不料，古利夫连拉带拽地硬把她拉进了汽车。从此，古绮爱莱再也没有回家，她成了古利夫的妻子。

伊赫季安德尔听了，决定要到古利夫的庄园去，找回他的古绮爱莱。夜里，他悄悄来到庄园，靠着房子轻轻地喊："古绮爱莱！古绮爱莱！"古利夫的母亲听见了，告诉了古利夫。古利夫抓起一把铲子出了屋，轻轻地绕到了伊赫季安德尔的背后，一铲子打在他的头上。伊赫季安德尔一声没吭就倒在了地上。古利夫心想：我正想抓你呢，没想到你却自己送上门来了。

克里斯多得知伊赫季安德尔被古利夫抓住后，立刻来到巴里塔扎尔家。他对弟弟说："你还记得20年前的一件事吗？当时我送你妻子回娘家，半路上她生孩子死了，当时孩子也很危险。一位老奶奶告诉我，把孩子送到'天神'萨列瓦托尔那里，也许会有救的。我听了她的话，把孩子送去了。我一直等到晚上，萨列瓦托尔出来对我说孩子死了，我只得走了。停了一下，他继续说："不久前，有人砍伤了伊赫季安德尔的脖子，我替他包扎时，看到他脖子上有一个胎记，形状和你儿子的一模一样。我知道萨列瓦托尔每天要给'海魔'打一种绿色的针剂。"

巴里塔扎尔睁大了眼睛，愣了半晌，激动地说："你是说伊赫季安德尔是我的儿子？是萨列瓦托尔把他造成了'海魔'？"克里斯多点点头，说："我想是这样的。"

巴里塔扎尔愤怒地说："我要亲手杀了萨列瓦托尔！"

第二天，巴里塔扎尔写了张状纸，告到法院。这桩案件引起了主教大人

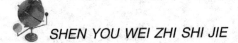

的注意。他认为萨列瓦托尔不仅犯了医学法，而且亵渎神灵，改变了上帝所造的人的模样。而上帝创造的万物都是最美好最完善的。他决定让法官把萨列瓦托尔和伊赫季安德尔都抓起来。

根据奥德仙提供的线索，法官派人从古利夫的家里搜出了伊赫季安德尔，把他和萨列瓦托尔一起关进了监狱。

主教和法官准备处死萨列瓦托尔和"海魔"，这个消息被监狱长知道了。萨列瓦托尔曾救过他的妻子，他决定要帮助他，监狱长打开了萨列瓦托尔的牢房，告诉他一切并说要放他逃走。

萨列瓦托尔听了，对监狱长说："请你想办法把伊赫季安德尔放了吧，他是我多年研究的成果，就像我的儿子一样。"

监狱长答应了，让伊赫季安德尔扮成一个送水的青年，混出了牢房。

从此，海岸的人们再也没有看到"海魔"，古绮爱莱也失踪了，只是在海上刮起暴风雨的时候，人们总会听到巴里塔扎尔在海边一声声地叫喊："伊赫季安德尔！伊赫季安德尔！我的儿子！"

他不停地叫，直到暴风雨停息。

但是大海却始终保守着自己的秘密。

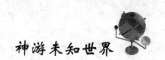

新型防盗剂

李教授打了个哈欠。两星期以来，他绞尽脑汁，终于利用附近一家工厂的几种废液配制出一种无色无味、无毒无害的新液体。这种液体溶解力极强，任何物质接触到它，都立刻在表面生成一种粘性很强的胶状物。

半夜里，李教授被一种响声惊醒了。一开始，他以为是只老鼠。可是马上又觉得不对，老鼠怎么能拉开抽屉呢？他仔细听了听，明白了，但仍然躺着没动。他不怕偷盗，过去的发明奖金和专利转让费，除了化学实验用去一些外，几乎全部捐献给了儿童福利事业。那个小偷翻来翻去，没翻到什么值钱的东西，有些着急，一不小心把组合柜前的一个瓶子碰倒了。瓶子发出一声脆响，碎了。李教授再也躺不住了，那瓶子里装着刚研制出来的液体。

"老兄，你看仔细呀，这么马虎……"李教授一边说，一边按亮了床边的壁灯。

小偷吓了一跳，转身要跑，却扑通栽倒了。灯光下，小偷两手按地，想站起来，可双手好像和地板长到了一起，怎么也动弹不得。小偷急了，"嗨"地大叫一声，猛然一挣，但只是屁股向前移了移，全身仍然未能挪动一厘米。

李教授见状，不禁乐了。他对小偷说："老兄，你不该打翻我这个瓶子呀。真是太妙了，你验证了我的防盗剂是完全合格的！老兄，你先耐心地在这里等着，我马上到专利局去一趟，它离我家不远。"李教授戴好帽子，开门走了。

看不见的罪犯

我犯了冷淡罪，因为我拒绝把自己的烦恼说给别人听。在 22 世纪的今天，冷淡罪是一种不可饶恕的重罪。

我犯这种罪已经四次了，所以，不得不接受处罚。法院判了我一年的"隐身"，这是对待冷淡罪犯惯有的一种处罚。

现在，我是不可见的。时间从公元 2104 年 5 月 11 日开始，到 2105 年的 5 月 11 日结束。我并没有太难过，因为一年的时间在我看来只是一个数字概念。

他们把我带到一间黑暗的房间里，然后就要在我的额头上打上标记。

两个专门行刑的壮汉将我推在一张椅子上，另一个则举起了烙铁。看着通红的烙铁，我开始有点儿害怕了。

"放心，一点儿也不痛。"说着，壮汉把烙铁按在了我的额头上。的确一点儿也不痛，只是一阵凉爽的感觉，很快就完事了。

"接下来我该怎么办？"我问。

他俩谁也没有回答，而是转身离开了房间。

房门大开着，现在我可以离开，也可以继续待在这里。因为我的额头上有了这个符号，不会再有人和我说话，或者多看我一眼，因为我是不可见的了。

事实上，我依然还和原来一样，有着完整的躯体。人们也仍然看得见我，但是，他们却不敢同我说一句话，因为我是隐身犯。

这真是一种荒唐的刑罚，而且，我的罪行也同样荒唐至极。

我走出了房间，来到外面。我想知道，被判以这样的罪行，到底和以前有什么区别。

　　我来到大街上，花园里，人们都只顾干着自己的事，对我视而不见。因为刑法规定，要是和一个隐身犯说话，就会受到隐身一个月的处罚，也可能是一年，或者更长。

　　老实说，我有点怀疑，人们是否真会严格遵守呢？

　　我走进电梯，来到了空中花园。这是第十一层的仙人掌园，我特别喜欢仙人掌，看到它们满身是刺，不让人碰一下，真和我的性格有点一样。

　　我径直去入口处的柜台买票。柜台后面，坐着一个神情呆滞的女人。

　　我放下一枚硬币，说："我要一张门票。"

　　她匆匆扫了我一眼，但是很快，她的眼里就出现了一丝惊恐。她没有理我。

　　很快，我的身后就排了一个长队。

　　我又说："我要一张门票，谢谢！"

　　她还是没有理我，无可奈何地抬起头来。接着，她朝我身后看了过去。

　　一只手伸过来，把一枚硬币递给了她。她收过硬币后，很快把门票给了那个男子。然后，那个男人就进了花园。

　　"请给我一张票。"我大声地朝她喊，仍然无济于事。

　　后面的人把我挤开了，没有一句道歉的话。这时，我才感到，看来，我的"隐身"开始起作用了。

　　我突然想，既然这样，何不干点不一样的呢？于是，我绕到柜台后面，没有付钱就拿了一张票，然后大摇大摆因为我是不可见的，而且人们不会和我说一句话。就算冒犯了谁，他也只能隐忍。

　　我进花园里到处走了一圈，很快，就有点厌倦仙人掌了。它让我地走进了花园。

　　全身都有了一种不舒服的感觉，我再也不想待下去了。

　　因为我的手指无意间碰上了一颗刺，流了很多血。看来，仙人掌倒还是承认我存在的。要是它不是植物，肯定会被判一个月的隐身罪。

　　我来到餐厅，在餐厅门口站了半个多小时。侍者很多次从我身边走过，但就是没有谁过来为我服务。他们大概见过太多像我这样的隐身犯了，所以

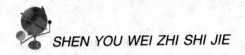

已经习以为常。

我可以走进厨房，高兴吃什么就拿什么。但是，这样一来，我会破坏餐厅的正常营业。法律上有对付隐身犯人的许多办法，我不打算去冒这样的险。

所以，我只能去一家自动餐馆吃饭。在那里，只需要投币，然后就能得到食物。

接下来，我坐着一辆自动出租车回了家。

我回到自己的房间里。心想，一年的时间里我都得这样，得找点让自己高兴的事。我有许多的书，看书倒是不错，而且我喜欢看书，但是我不想让一年的时间都花在书上。看电影？我压根儿对电影不感兴趣。上班？现在我根本不用去上班。在得知我被判有罪后，我的单位已经给我发来邮件，让我在家里好好待一年。隐身罪行真是一个天大的笑话，看来，他们是希望我这一年在家里好好修身养性。除了这，我想不出来它对我有什么意义。

一天中午，我第一次看见了一个隐身同胞。他是个中年人，额头上有着和我一样的标记。在他注意到我的时候，并没有太多的惊奇，而是继续往前走去。一个隐身犯同样不能和他的同类交谈。

我开始品尝着这种生活的新奇感，以及它可能给我带来的快乐。对于这个世界的轻慢、冷漠，它们丝毫伤害不了我。

我想，既然我是不可见的，何不利用这个条件做点以前不敢做的事呢？

这天晚上，我来到了一家女浴室。

一进门，我就不怀好意地微笑着。门口的服务员刚想向我打招呼，但是马上就住了口。她没有阻止我。对我来说，这是一个不错的胜利。于是，我大步地走了进去。

一股很强烈的肥皂味扑面而来。我经过储存衣服的房间，看见衣服一排排地挂着。我想，我可以拿走衣服口袋里的钱，但是我没有这么做。因为当偷窃变得十分轻易时，它就失去意义了。

我还在往前走，很快就进了澡堂。

几十个女人都在那里洗澡。有发育得很成熟的大姑娘，松弛了的妇女，干瘪的老太婆。她们当中，有一些脸飞快地红了。有几个在偷偷笑着。但是

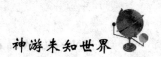

更多人转过身去，背对着我。

　　她们都很谨慎，不对我的出现做出任何实际的反应。浴室的女管事就站在那里，她没有对我喝令。而是把时不时看我的眼神投向别处。

　　于是，我久久地待在那里，看她们洗澡。看着她们在水汽中的裸体，我的内心感到有些矛盾。能如此大胆地看着她们的私密，而且没有丝毫阻拦，满足感很快就消失了，涌上心头的是悲伤和厌倦。

　　那天晚上，我一闭上眼睛，就会看到浴室里的一幕幕。我站在那里，与其说是一个窥探者，倒不如说是一个小丑。

　　不久，我对这种刑罚的新奇感就消失了。

　　大概过了三个星期，我忽然病了。

　　起初只是发烧，接着就是胃痛，呕吐，还有种种让人不适的症状。到了半夜时分，我以为自己快要死了。一阵阵的痉挛和疼痛使我痛不欲生。我强打起精神，支撑着去厕所。无意中，我看到镜子里的自己，我的脸已经变形了。脸色发青，一块一块的皮肤变得僵硬，满脸都是汗珠。

　　后来，我在地板上躺了很久，浑身没有一丝气力。

　　我需要医生，不然，我可能很快就会死了。我的电话机上布满了灰尘，自从我被判隐身罪以后，就没给任何人打过电话，当然，也没有人打给我。

　　朋友们都远远地躲着我，就像躲避瘟神一样。

　　我无力地抓起电话，拨了号。电话很快就接通了，是机器人接的，它说："晚上好先生，请问您想和谁说话？"

　　"我要找医生。"我不停地喘着粗气。

　　"好的，先生。请稍等一会儿。"

　　过了一会儿，屏幕上面亮了，我看到一个胖胖的中年人抓起了电话，"你哪儿不舒服？"

　　"不知道，我想我是胃病，也可能是阑尾炎。"

　　"好吧，我会叫人去看看的。请问……"他朝我这边的屏幕看了看，忽然停了下来。

　　因为医生看见了我额头上的标记，该死，他的眼神也太好了！

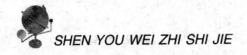

接着，屏幕闪了一下就黑了。

"医生……"我不停地大声呻吟着。

他走了。我气得大声号叫，真是讽刺。作为一个医生，怎么能对病人的呼声视而不见、充耳不闻呢？我连被关在监狱里的罪犯都不如吗？他们生病还能得到救治，而我，真是叫天不应，叫地不灵。

我无助地躺在那里，等着死神将我带走。

但是我没有死，我活了下来，不过元气大伤。

一个人一年不同人交谈可以活下来，这在现实中有过吗？我只知道鲁宾逊有过这样的经历。他是在孤岛上，而我，却是在一个人口超过三千万的大城市。

我似乎比他好很多。我可以乘自动汽车，可以在自动餐馆吃饭。但是，我却越来越感到，我所生活的这个大都市，比鲁宾逊的孤岛还大，还寂寞。

一年时间第一次让我觉得漫长，我怎样度过接下来的几个月呢？

许多次，"隐身"都给我带来快乐和享受，甚至还给我带来了财富。

我去偷窃过，到小商店抢过钱箱。当时，店主吓得直哆嗦，却不敢上前阻止我。因为害怕犯罪，他宁愿失去财富。

屡次得逞让我觉得无比快乐。但是后来，当我知道政府会对这样的损失作补偿时，我却怎么也开心不起来了。

我到处乱走乱闯。女浴室早已不再吸引我了，我到旅馆里去。在走廊上自由走动，任意地打开房门。多数房间都是空的。但是有一些房间里面有人，而且我还碰上过叫人尴尬的事，让当事人羞恼不已，却对我没有办法。

我什么都能看到，只要我想，就像上帝一样。我的脸皮已经变得越来越厚了，同时，我对社会的蔑视也更加强烈了。

对谁我都可以恶声叫骂，我嘲笑，做鬼脸。我走进剧院，在舞台上手舞足蹈。没有人向我发出抱怨。当我一个人静下来时，我想，这可能是孤独引起的精神错乱。

我额头上的标记告诉他们，对我，他们要极力地自我克制。他们不敢对我怎么样，只好忍气吞声。

我变得时而疯狂时而高兴，在所有人面前趾高气扬，昂首阔步。人们看我的眼神都带着鄙视，他们大概认为我已经疯了。但就算我是个疯子，也是疯子隐身犯，他们同样不能和我说一句话，同样只能生闷气。

所有人都知道要对我敬而远之，就算是贫民区的难民，或者是乞丐。

没有人向我乞讨要钱。只要他们愿意同我说一句话，我倒愿意给他们平常人给的十倍，甚至是百倍。但是没有。

有一次，一个瞎子向我走了过来。"好心人，看在上帝的份上，帮我从眼球库买一对新眼球吧。"

这是几个月来，第一次有人冲着我说话。我对此十分感激，把手伸进口袋里，要把所有钱给他表示感谢。可是，没等我把钱掏出来，一个满面惊恐的瘸子突然来到我们中间。

他对瞎子耳语一阵，说明了我是个隐身犯。瞎子的脸马上变得一片惨白，然后飞快地逃之夭夭了。

我手里拿着钱，呆呆地站在那里，心中有说不尽的苦恼。

连乞丐都不愿和我说话。可恶，真是魔鬼，发明这种刑罚的真是世上少有的恶魔，变态的东西。

"隐身"之恨让我咬牙切齿。它给我带来的满足都是空虚的，转瞬即逝了，而它带来的痛苦，却是再真实不过了，真叫人忍无可忍。

这样的日子我才经历六个月，我真怀疑我能否活过剩下的六个月。在这些黑暗的日子，生活变得暗无天日，自杀的念头总在我的脑海中来去。

后来，我干了一件大蠢事。

在一次闲逛的时候，我又遇到了一个隐身犯，这是六个月来我见到的第二个隐身犯。

如上次见到隐身的同类一样，他的眼神相当谨慎。只相视了一下，他就把目光移到了人行道上，从我身边匆匆走了过去。

他是个很瘦的年轻人，年龄不超过三十岁。他看上去非常有气质，身上带着书生气。我很奇怪，他干了什么，也被判了隐身罪呢？

半年来，没有一个人同我说话。心中的难言之隐无法向别的人道尽，好不容易遇上一个同类，我倒想和他说说。就算只是问问他叫什么名字，和他拥抱一下，也会让我少去许多的孤独。

一种强烈的愿望驱使着我，让我想要追上去。

虽然，我知道，法律上有规定，任何人都不能同一个隐身犯有任何的接触，包括同为隐身犯的人。而隐身犯之间尤其不能，社会不能让贱民之间形成一种秘盟。

是的，这些我都知道，可是我还是转身紧紧跟着他。

我与他一直保持着二十来步的距离。机器人警察无处不在，它们能迅速侦察到违法行为。我们都在他们的监控之内，所以我不敢妄动。

我跟着他走进了一条很小的街道，然后，又进了一个灰蒙蒙的巷子，里面十分肮脏。谁也看不见我们了，我从后面追上了他。

"求你了，"我轻声地说，"这里没有别人，我们可以说话。我的名字叫……"

他转过身来，看了我一眼，脸上全是恐慌。他很快就反应过来了，然后，急忙绕过我要往前走。

我快步走上前去，拦住了他。

"请等一下"，我说，"别害怕。就说一句……"他挣脱开了我。

"你叫什么名字？"我几乎是在哀求。

他什么也没有说，就连一句"让我过去"的话都没有。他走过我身旁，飞快地跑向外面的街道，很快就消失不见了。

一种极端的孤独感涌上来，堵在我的胸口。

我一边在街上走着，一边想着刚才发生的事。恐惧之感也随之而来，刚才，他没有违反隐身条例，可是我违反了。这样，我可能受到更大的惩罚，我的隐身期可能会被延长。

我不安地朝四周看了看，幸好周围没有一个机器人警察。我漫无目的地在大街上走着，忽然，我发现自己又离仙人掌园不远了。

于是，我乘上电梯，从门卫那里抓了一张票便进去了。我这儿瞧瞧，那儿看看，不久发现了一株高大的仙人掌。它浑身长满了刺，看上去像个大

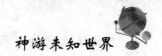

怪物。

我将它拧断，从土里拔了出来。我的手上因此扎了许多的刺，顿时鲜血直流。人们都装作没看见的样子，对此无动于衷。

我将刺从手上拔掉，又乘着电梯下去了。当走在大街上时，我又陷入了极端孤独寂寞的隐身生活中。

八个月过去了，九个月，十个月。我的刑期就要满了。

在进入最后几个月时，我进入了一种麻木状态。思维只能靠惯性运转，对自己的情况也只是听之任之，稀里糊涂地过着日子。

我强制自己看书，却不明白上面所讲的内容。即使有的认真读过，但在翻开下一页的时候，上页的内容就已经从记忆中消失了。

令人厌倦的日子在一天天过去，我早就不愿掐指计算剩下的时间了。

说得更具体些，我好像已经忘记了时间，我不知道我的刑期已经满了。

有一天，我正在书房里读书，无聊的内容加上无聊的人。突然，门铃响了起来。它已经很久没有响过了，我几乎都忘了世界上还有这种声音。

我迟钝地扭过头，然后站起身来，走过去开了门。

站在最前面的那个人说："你好，我们代表了法律。"

然后，有两个人一言不发地除去了我额上的标记。

我对他们点了点头。

"今天是 2105 年 5 月 11 日。你的刑期已经满了，你又回到了社会中。"

"谢谢！"

"和我们去喝一杯吧。"那个人说。"不了。"

"这是传统，不必说了，走吧。"

于是，我跟着他们一起去了。

额头上少了一件东西，现在却有一种奇怪的裸露感。我们来到附近的一家酒吧，喝大杯的威士忌。酒很烈，很上劲儿。

有个人一直冲着我微笑。后来，他走过来，拍着我的肩膀问："在明天的赛马中，你最看好谁？"

"我不知道。"我对他笑笑。

"真不知道？我支持马里尔。他最有爆发力，我全押他。"

"对不起，"我说，"我对此一窍不通。"

陪我一同前去的政府人员对他说："他离开过一段时间。"

那个人明了似的朝我们点点头。他提出，要为我买一杯酒。

虽然我已经被第一杯酒呛出了眼泪，但我还是欣然接受了。现在，我又成为正常人类的一员了，我是"可见"的了。再也不会有人拒绝我，他们都愿意和我说话了，我当然也不想拒绝别人。在这一年的时间里，我学会了谦卑。

我恢复了原来的生活。又开始去单位上班，朋友们也开始再次和我联系。我对他们都无话不说，但是却从没有提起过在这一年里的事，我不再像犯罪以前那样冷漠了，现在的我热情十足。

我不时还会在街上看到一两个隐身犯。刻意避开他们是不可能的，因为世界上总有人犯罪。不过，我对此已经有了经验，我很快就把视线移开了，对他们视而不见。

但是，就在我恢复"可见"的第五个月，突然有一天，在我下班的路上，人群中伸出一只手来，死死抓住了我的胳膊。

"求你了，"那个声音很轻，"请等一等，不要害怕。"

我惊讶地看了看他的脸。

这个人的额头上，有一个清晰的"隐身"标记。接着，我认出了他。太巧了，他就是那个我曾主动与他说话的年轻人。

现在他变得很憔悴了，疯子一样的眼神，脸色苍白得吓人。

当时我和他碰见时，他一定才刚开始服刑，而如今，他的刑期应该就要到期了。我十分清楚，这是最难熬的时候。

在这城里最热闹的广场上，他抓住我的胳膊，而且很用力，我丝毫挣脱不掉。

"求求你，不要走，"他朝我大声叫道，"可怜可怜我吧，你自己也这样过。"

我好不容易挣脱掉了他，刚迈出一步却又站住了。我想起了我以前叫住

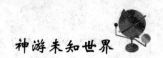

神游未知世界

他的情景，恳求他不要冷淡我，同我说哪怕只是一句话。

当时的悲惨和孤独再次重现在眼前，只是，换在了另一个人的身我又朝前跨了一步，步子显得无比沉重。上。

他几乎是在背后哀鸣，"和我说话吧！求你了。"

我在想，是继续往前走，装作心肠硬一点，还是停下来呢？我开始犹豫不决。

"你不敢吗？胆小鬼！"他说，"难道你忘了，你也对我做过同样的事？"

我再也受不了了。是的，我动心了。我的眼眶里含满了泪花。于是，我转身朝他走去，向他伸出一只手。

我紧紧抓着他瘦弱的手腕。这一举动让他激动万分，感激涕零。

接着，我抱住他，像我当时急切地希望拥抱着他一样。我试图做一件事，把他身上的悲哀分到我身上一部分。

机器人警察很快走来，将我们包围住了。它们把年轻人拉到一边，然后拘留了我。

接下来将要发生什么我再清楚不过了，他们会再次审判我，然后给我定罪。但是这回不是因为冷淡，而是热情。

混乱程序

"真是见鬼了！"桑德斯站在街角的一栋建筑前低声咒骂，最近他总碰到这种事情，有时会觉得这一切是在梦里，可又如此真实。他望着高耸的办公楼发呆，显得有些茫然无措。

"你好，先生。有什么可以帮助你的吗？"一位好心的过路人慢慢走近，略带关心地说道。

桑德斯转过头，张了张嘴却没有说什么。他的目光再次望向这栋建筑，十分不解地问道："这儿不是栋刚建的银行吗？玻璃窗都是新的，应该新建没多久，什么时候拆了？"

年轻的女士愣了一下，直言不讳地说道："我想您是搞错了吧。这栋大楼三十多年前建造的，而且这一带没有银行啊。"

桑德斯感到后脊梁一阵发冷，他昨天明明路过这里的，而且还在银行里存了钱。这究竟是怎么回事呢？

"您在等人吗？"女士看到他的表情十分不安又问。

"是的，可是——"他抓了抓头发，竭力控制着自己，不然一定会大叫起来。

"我想您一定迷路了。先生，您还记得回家的路吗？"

"我没有迷路。我昨天来过这里的，和女儿说好在银行门口等她。多谢你的关心，我想她可能不会来了……"他还想说什么，又觉得说不明白，只是向这位好心人道谢，"多谢你的帮助，再见了。"

"您真的没事吗？"身后女人的声音渐渐远去，他加快步伐，像只无头苍蝇沿着街一直朝前走。

"银行就这么凭空不见了……老天！"他不安地嘟囔着，"那位女士竟然说从来没有过，可我明明见到的，我这是怎么了？"

"你召集我们来到底有什么重要的事情？"一个长相怪异的生物正站在驾驶舱的甲板上。

"我们进行的光反映试验，在那个陌生的星球实施，好像出了什么问题。"另外一个长着爬虫嘴巴的生物回答道。

坐在椅子上的则是个很像甲虫的家伙，"调整一下不就好了嘛。"

"说得容易。那是个有着庞大生命群的星球，我们潜入进去不是件容易的事情。"最后是个全身装甲的机器人回话。

"可试验的策划人是你啊，编造的程序装置被安装在什么地方也只有你知道。"爬虫嘴巴的生物接了一句。

"八成装置发生了故障，已经没有修复的必要了，在一定时间内功能会自动解除。"

"父亲，你怎么又乱跑。"突然一个年轻的小伙子朝桑德斯跑了过来，一把就拽住了他的胳膊。

"父亲？"桑德斯惊讶地看着他，半天说不出话来。

"父亲，你发什么呆。快，上车吧，我带你回家。"年轻人极为自然地拉着他走，看起来和他像是很熟的样子。

"等一等—"桑德斯回过神来急忙停下脚步，支吾道，"年轻人，你是不是搞错了？我只有一个女儿。虽然我希望有这么一个像你这样的儿子，可是很抱歉，我只有一个女儿，年轻人请你放开手。"

"父亲，你是不是又犯糊涂了？"年轻人显得一脸担忧，"您总是健忘，还总喜欢东奔西跑，这次我得安排您去个安稳的地方。

"不，不！"桑德斯只感觉脑袋一片混乱，"我很清醒，我妻子生下一个女儿就去世了，年轻人你到底是谁呢？谢谢你对我的关心，只是很抱歉，你一定弄错了。"

年轻人把他的手臂握得更紧了，生怕一放开他就会飞快地跑掉。""看来您的病情越来越严重了，我得带您去看看医生。父亲，快点啦，你别再固执了。"

"可是戴梅尔还在等我呢。"桑德斯也不知道说什么好，甚至怀疑莫非这个年轻人真的是他的儿子，正如他所讲，自己的健忘症十分严重。

"父亲，戴梅尔是谁？"

"我的女儿啊！你既然自称是我的儿子，一定知道她的情况吧？"

年轻人一只手抱住他的肩，推着他朝路旁的车子走近，一边担忧地说道："父亲，我是独子啊！哪里来的兄弟姐妹。"

桑德斯听了差点昏过去，这么快女儿也没了，爱妻病逝，相依为命的女儿也这么凭空被抹杀掉了，这和世界末日的来临没有什么区别。他放弃了抵抗，任凭这个自称"儿子"的年轻人把他推进副驾驶座。

车子发动了，桑德斯望着窗外忽然想到了什么，高声叫道："带我去梧桐路3221号。"

"那是哪里？"

"快带我去！"

他的话音充满急切，年轻人想了想说："父亲，你为什么要去那个地方呢？那儿我们可一个熟人也没有啊！"

"你只管带我去好了，既然你说你是我的儿子，就帮我这个忙。"

桑德斯心里燃起一丝希望，他要亲自去确认一下才肯死心。

"好吧。"年轻人点点头，"只要让您高兴，去哪里都可以。"

真是一个孝顺的孩子。桑德斯惋惜地叹了口气，问了句，"你叫什么名字？"

"父亲，你连我叫什么都忘记啦。"年轻人显得有些郁闷，安静地说道，"我叫佩恩，父亲您可不能再忘记了。"

"佩恩……"桑德斯轻轻念叨着这个名字，记得妻子怀孕的时候，两人曾商量过，如果生男孩就叫佩恩，生女孩就叫戴梅尔。

梧桐路3221号很快到了，桑德斯一眼便瞧见女儿居住的房子。他定睛再一看，差点瘫在座位上，周围的环境都变了，那栋房子和女儿的那栋完全是两个样子，他的眼睛里满是绝望。

"连房子都变了，周围都变了……"桑德斯伤心欲绝地说着。

他忽然想到也许戴梅尔还在里面，说不定是换了房子。车子刚停稳，他便匆忙地推开车门跳了下去，一路小跑奔到了门前。

他用力地按铃，里面没有回应，他开始用力地砸门，一边呼喊着女儿的名字。

没过多久门缓缓打开了，走出来的是个年轻的女孩，蓝眼睛，束着马尾辫，身材很苗条，和他的女儿戴梅尔像极了，可惜不是。

"请问……您有什么事情吗？"年轻女孩困惑地眨了眨眼睛问道。"戴梅尔……她在哪里？"桑德斯望着她，就像是抓住了最后一根救命稻草，期待能从她嘴里听到女儿的消息。

"她是谁？对不起，我并不认识她。"

这时候，佩恩走了过来，和桑德斯并肩站在台阶前。他急忙替父亲的失礼道歉，"打扰您了，很抱歉。我父亲他总是犯糊涂，一个人还总是走丢，所以……"

"没关系。"年轻女孩笑了一下，退回屋里关紧了房门。佩恩一只手搭在父亲肩上，很体贴地带着他回到车里。桑德斯没有再说一句话，只是双眼发直地望着前方。

佩恩一边开着车，一边担心地看着父亲，他犹豫了一下终于打破了沉默。"父亲，我一直都不想让您离开我身边。可是如今您的病情越来越重了，我只好把您送到一个地方去，那儿的人对您的照料会很周到的。"

桑德斯并没有什么大的反应，木然地看了他一眼。佩恩急忙补充道："时间不会太久的，那里的人会帮您治好健忘症的，您可要忍耐一下。"

"我并不健忘，我也不知道到底是怎么回事。"桑德斯有气无力地说道，"就算我把一切都讲给你听，可我知道你是不会相信的，不会有人相信我的。"

"我听说那个光试验，可能会影响时间。"爬虫生物粗声粗气地说道。

"会有所影响吧，有些事情会随之改变。不过，那只是个试验，只是暂时的，过不久就会还原。"机器人脆生生地回答。

"那你觉得故障发生在哪里呢？"

"我埋在了一片庄稼地里，按照那个星球人的文明那个地方称其为农场。可能被人挖出来了，不小心碰坏了某个组件吧。"

"那这个弄坏你的装置的家伙就要倒霉了吧？"

"算不上吧。他可能会看到未来或是某些根本不存在的景象。"

"桑德斯先生，我可以这样称呼您吗？"玛丽医生坐在他对面问道，她的胸牌上写着名字和学位，还有一些简单的信息，看得出她是个很出色的心理医生。

桑德斯并不回答，冷冷地看着她。显然他并不觉得自己精神有问题，根本不需要这样的治疗。

"这样，桑德斯先生。"玛丽医生脸上挂着职业性的笑容，"您到我们疗养院来，目的只有一个不是吗？就是让我们来帮您恢复……"

"这根本就是浪费时间。"桑德斯毫不领情地打断她的话，他发现医生轻轻地咬了下嘴唇，脸上并没有什么特别的反应。

"您说什么？这怎么能说浪费时间呢。"

桑德斯环顾四周，冷冷地说："造这么大的房子，应该多帮助一些有疾病的人。但是这不是我该来的地方。"

她似乎对这种不配合的病人司空见惯了，并没有生气或是不悦，"您是我的客人，我知道很多人第一次来这里都有些固执，其实我们只是谈谈心而已，您不必把这些想得有多严重。您看您，全身紧绷，现在应该适度地放松。"

"我不是住院的精神病！"桑德斯越来越烦躁了，不停地嚷嚷起来，"我要出去，我要离开这儿"。

"请您冷静。"

"冷静？"桑德斯仿佛听到了天大的笑话，满脸的苦笑。他知道一个星期前这儿根本就没有什么疗养院，而是一个公园，他不止一次来这边散步。

刚来到这里的时候，他把这件事告诉了玛丽医生，玛丽医生不停地安慰他，虽然没有明说却也暗指了这家疗养院建在这里已经有几十年了。

"你没有想过把装置回收吗？就甘愿丢在那个陌生的星球上？"站在甲板上的怪异生物突然出声道。

机器人摇摇头，"没有必要了。当里面的组件恢复正常，重新运行的时候会自动销毁，也就是说变成了一堆破铜烂铁。"

桑德斯溜出房门，沿着院子的通道一路小跑，直到跑出了疗养院的大门才松了口气。

他没想到这次出逃会如此容易，身上穿着白色 T 恤衫，米黄色的裤子。精心打扮了一番总算没有暴露目标。

不过，当他走在街上又开始迷惘起来，他该去哪儿呢？周围的环境熟悉却又如此陌生，身上没有钱，也找不到车。那个好心的儿子如果知道了这件事，一定会寻找他并把他送回到玛丽医生那里。

"有办法了。"桑德斯高兴地叫起来，他想起格本城北面几英里远的旧农场车库里还放着一辆卡车，他把农场交给了另外几个打工者，来城里看望女儿，谁知道住在这里没几天一连碰到这么多的怪事。

在一条偏僻的公路上，他搭上了一辆去往格本的农用车。那辆车有些年头了，喷上的漆脱落得厉害，车主是个四十多岁的中年男人，正朝城里运送蔬菜和水果。

"你去哪儿？"车主只听到他拦路的时候说了一个地名，印象中是很陌生的。

"我去格本城，我们同路。"

"格本城？伙计，它在哪个方向？"

桑德斯慌了神，不过这次他换了种方式表达出想说的意思，"索图镇南面，新阿姆山东面—我想您不是那一带的人吧，可能不太了解。"

"新阿姆山我知道，我从小就出生在离那儿不远的小镇上。伙计，我告诉你根本没有什么叫格本城的。"

"说不定我记错地名了，反正我和你同路。你要去哪儿来着？"

车主诧异地看了他一眼，"我去桑吉城。"

"对，桑吉城。我到那儿附近就下车。"桑德斯不多解释，他心里越发不安起来，似乎预感到农场也已经变成另外一幅景象，或许成了一片住宅，或许修成了公路。他又开始往好的方面想，也许这些怪事只是发生在那个城市里，只要一出那座城市一切都会恢复正常。

看着这个怪异的搭车人走下车，渐渐走远，车主忍不住抱怨道："这个人八成是个精神病吧，哪有什么格本城，没准是他特地取的名字……"

桑德斯下了车又搭了另一趟车，他期待着一切能如他所愿，路上并没有询问什么。直到走向自己的农场，看到那些本不该存在的事物后，他终于认命了，全身无力地坐倒在地上。

眼前只是一片长着杂草的空地，农场不见了，车库不见了，连雇用的帮手也消失了。他想自己这是在哪里，为什么世界突然全变了呢？"您好，先生。您是本地人吗？"不知何时，一个体态微胖的警察走过来问道。"是啊，我就住在……"他本想说"住在这里的"，手指着那片杂草地陷入了沉默。

"您来这儿干什么呢？"警察顺着他手指的方向看了看，露出一脸的疑惑。

桑德斯朝他笑了笑，尽量表现得十分悠闲，"我……我只是出来溜达溜达。"

警察点点头，从口袋里摸出一张照片特地看了看他，眼神微微有些变动。

"您得跟我们走。"警察把照片拿给他看，上面的人正是自己，桑德斯顿时想到一定是那个好心的儿子报了警。

"我……我什么事情都没做。你要带我到哪里去？"桑德斯做出激烈的反抗，一点点朝后退。

警察急忙摆了摆手，"我想您是误会了。我们收到一份通告，上面有您的照片，我们只是送你回家。"

"回家？回哪里？"

"梧桐路 3221 号，您的女儿戴梅尔小姐一直都很担心你的。"

"你……你说什么？"桑德斯哑着嗓子叫起来。

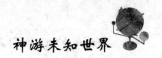

"怎么，她不是您的女儿吗？"警察不解地问道。

"不，不！"桑德斯激动得不知道该怎么表达了，"啊……她是我的女儿，我是说……你见到她本人了吗？身材很苗条、蓝眼睛、二十三四岁，你真的见到她了？"

警察眯起眼睛，显得有些茫然无措，"当然见到了，先生。这张照片就是她亲手交给我的。"

"那快带我去见她！"桑德斯紧紧拉住他的手，眼眶中竟然涌出泪来。

警察愣了半天，把他带上了警车。

当车子路过那家疗养院的时候，桑德斯差点叫出声来，那里又变回了那个花园，有老人在林荫道上散步。

再往前驶出几公里，梧桐路3221号很快浮现在眼前，他看见了那栋久违的房子，周围的环境也都是原来的样子。车子刚停下，他便飞快地跑下车狂奔过去。

"您慢点，当心脚下。"身后是警官的声音，他站在车门外，看着这个上了年纪的人张开双臂，将等候在门前的女人抱住，父女俩相拥而泣。

"爸爸，真高兴你回家了。你都失踪一整天了。"

"亲爱的，我也很开心，还以为永远都见不到你了呢。"

戴梅尔撅着嘴，顽皮地抱怨道："您还真是的，怎么会见不到我呢。"

"说了你也不会懂。"桑德斯抚摸着女儿柔软的秀发，望向那名好心的警察，还来不及道谢那个人已经开车远去了。

当他年迈以后回忆起这件事的时候，有了别样的感触。银行并没有变成办公楼，而那个公园却真的修建成了疗养院，那片农场渐渐废弃，变成了一片荒地。他感觉到自己当时遇见了未来，当然算是一部分未来，比如说那个好心的儿子又该作何解释呢？

他死去那一刻，忽然想明白了，那也许是自己埋藏在心底的愿望吧。

心　魔

运输舱里躺着一个美丽的女孩，一丝不挂，雪白的脖颈上表明身份的绸带被冻得发直。伯格雷把她小心翼翼地搬出来，一边不由得感叹道："真是一个大美人啊！如果只属于我那该多好啊……"

"你醒了吗？"他拂了拂女孩的秀发，却不见她有任何反应。魔伯格雷知道她还活着，她的身体会自行变暖，过不久就会苏醒过来。

他如今在一艘星际飞船上，船上载着一些冷藏起来的殖民者，他们要跨越漫长而辽阔的太空，一直前往一颗叫做白牙恒星中的一颗行星上去。

他是这艘船上唯一的一名乘务员，同时也是船长。眼前这位女孩，他是第一次见到，名字叫艾尔法莉。

他这么做是非常危险的，那些前往遥远行星的乘客一直都会浸泡在氨液里，这样，漫长的航行不需要水和食物，只是陷入了短暂的沉睡。如果按照星船的航行速度，可能需要一年的时间才能达到。

伯格雷是个地球人，他同这些外星人打交道有几十年了。漫长的旅途中他感到很孤单，想找一位伴侣，所以才会把这位女孩从沉睡中唤醒。

航行中的一切都是很可怕的，简直令人发慌。他经常透过水晶玻璃看外面的世界，漆黑的一片，除了远处的星星什么也看不见。他闲来无事总是检查各种仪器设备，就算心里清楚一切都没问题，毕竟几十年养成的习惯再也改不了了。

虽然接待过的乘客有很多人，而且来自不同的星球，可是他们从未交谈过，航行中永远只有他一个人，船上任何的响动都令他心神不宁。

他又大体检查了一遍设备，回到驾驶舱中，上面的监视器播放着女孩的画面。伯格雷把她关在了一个隔绝的房间里，一心想拥有她，即便把她作为笼中的鸟儿一样养着。

女孩已经醒了，她一副怒发冲冠的样子，开始自言自语："你在哪儿？我知道是你搞的鬼，但你得想清楚了，你要为此付出很大的代价！"

女孩的反应完全出乎他的意料，他寻找伴侣的时候希望对方是安静、柔弱的。艾尔法莉的外表蒙蔽了他的双眼，他惹上了一个母老虎，这下可有大麻烦了。

"快给我滚出来，你这个混蛋！我倒要看看你究竟是谁！"艾尔法莉开始向他下命令了。

伯格雷看着前方的屏幕，里面是个私人房间，四面都是门，分别通向不同的地方。他把女孩带到那里的时候，顺便找了一套衣服放在床上，此时女孩正在穿衣服。

穿好之后，她双手叉腰怒不可遏地高喊起来，"你这个家伙快点滚到我面前，无论你躲到哪儿我都会找到你的。快点来见我，让我瞧瞧你是谁。"

她喊了一会儿，觉得嗓子有些痛便坐到了松软的床上，警惕地四下巡视。沉默了一会儿又说，"你要跟我说什么？让我留在这里陪你吗？每天这样漫无目的地飞下去，对不对？混蛋，你是不是这么想的？"

伯格雷透过屏幕盯着她的面孔，他只要打开麦克风的开关就能和她通话，不过他没有这么做。他翻阅了船上所有女乘客的档案，从众多的人中选中了她。16岁的艾尔法莉，智商比普通人低一些，似乎有望合乎他的标准。令人失望的是，她并没有表露出恐惧，而是有着强大的反抗意识。

艾尔法莉越发烦躁起来，将床上、桌子上的东西甩落一地，一边大喊大叫，发泄着心里的不满。最终她又坐回到床上，略微安静了些，"听着，你这么做会被判刑的，最少也要十五年的监禁。我们来谈谈怎么样？对你我都好。"

房间里放置着一个仪器，它有很多功能。可以像空调一样调节温度的高低，也可以净化空气。同时它也具有投影仪的功效，还可以作为运送食物的通道。这个方形的大圆筒由四个小型的立方体组成，就像是四个柜子堆在一起，方便而实用。

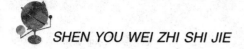

伯格雷按下一个红色的按钮，大圆筒最上面的立方体亮起了灯，然后像拉门一样展开，里面出现了一个碟子，上面放着食物和水。

艾尔法莉愣了一下，将碟子取出来，面容明显舒缓了些，"怎么，准备跟我谈谈吗？你这么做是在为你愚蠢的行为道歉吗？那就快点到我面前来吧。"

报时器提醒他又该进行半个小时一次的系统检查工作了，他离开驾驶舱朝着回廊走去。这种检查做了不下几十万次了，他快速地扫了一眼舱里的温度计，然后量了量氨液的流失量，忙完这一切之后，他回到驾驶舱，把目光再次投向屏幕中的那个女孩。

她吃完了碟子上的东西，从靠床的柜子里找到了梳子和镜子，一丝不苟地打扮起来。在氨液的温度下，器官难免会有所损害，她安静地梳着头，用梳子用力地往下扯，把那些坏掉的头发抖落。

她轻轻拍着头发神情有些哀伤，"被别人占领了家园，不得不跑到遥远的星球去避难。我的父母都在战乱中死了，为什么还会遇到这样的事？"

屏幕前的伯格雷绷紧脸，他的船上多是些避难的客人。他多么想用自己的爱来呵护没有亲人的艾尔法莉，不过那都只是自己的私心罢了。这不禁让他想到自己的孩提时代。

年少的伯格雷只有一个愿望，就想拥有一个洋娃娃般的女孩，不娶她，也不强迫她，只是把她当作一名奴隶那样占有。

他这个梦想从未告诉过别人，大学时期，曾把它当作一个荒诞的梦讲给了自己的导师，老师洞悉了他的心理。他说："你是在扮演角色，你强烈渴望自己是个女人，这是被社会排斥受到压抑的同性恋行为多种表现的其中之一……"

为此他还和导师大吵了一架，现在想想他说的或许对吧。自己远离地球跑到太空干这么一个乏味的工作，自己有时也想不明白。或许就是为了实现儿时的梦想吧。

"快点来见我！你这个混蛋，我们之间的事该有个了结了。"艾尔法莉的话语尖刻而激愤，她是个很难安静下来的人。

伯格雷看到她站直了身子，双手握拳，狠狠地瞪着眼睛。"我很困惑，你明明知道这么做对你一点好处也没有，你还是这么做了。难道你是个疯子吗？你不会杀我，否则你没办法向别人解释清楚，而且他们也不会让一个杀人犯负责一艘运送的飞船。"

"所以飞船一着陆我就去喊警察，你想想后果吧。就算你把我藏起来，到站了，警察也会挨个地方搜查的。"她说着咯咯地笑起来，"我的一个叔叔因为逃避个人所得税受到了惩罚，他被派去地底开采矿石，那种日子不见天日，而且要忍受几十年。所以——赶快滚出来，我会很乐意让你逃避这一切罪责的。"

"对了，我得先去趟厕所，回来我们再慢慢谈。"

伯格雷满足了她这个小小的要求，他打开了通向厕所的门，刚才女孩那番话并不是在吓唬他。他是个地位卑微的地球人，诱拐少女的罪可能不止被派去干苦力几十年这么简单。

艾尔法莉回来后，坐在床上跷起二郎腿，又开始自言自语起来，"我有所耳闻，像你们这种开船的人没有什么好东西。谁会一出门就几十年，就算是为了钱，那未必也少了点。你把我弄醒了，又不跟我说话，还把我关起来，你到底想干什么？"

"好吧。"艾尔法莉拍了拍手，"假如你是一时糊涂干了这件蠢事，我可以谅解你。飞船上这种非人的生活一定把你折磨垮了，也许你只是想找个人说说话？我可以满足你，快点出来见我，我不会把这件事泄露给其他人的。"

她竖起耳朵猜想可能会听到什么声音，然而一切还是静悄悄的。

她鼓起腮，气呼呼地说："我知道你一定有某些粗俗的想法。不过你仔细想想，你要是做了会有什么后果。如果你杀了我，那他们迟早会抓住你；你要是不杀我呢，那着陆时我就告诉他们真相，到那时你还是一样完蛋！"

"我刚才跟你讲了我叔叔的事情了吧。在黑暗的地底一个同伴也没有，下面阴冷潮湿，他的气管炎越来越重了，就算出来后也弄了一身的病。他当时也是一时糊涂，怎么，你还不出来？我们谈一谈。"

说着她用脚踢了踢大圆筒，"至少，给我一本书看看吧。你这个混蛋，想闷死我对不对？"

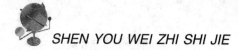

伯格雷无力地摇摇头，他知道自己的计划彻底落空了。呆愣了一会儿，他按了下一个蓝色的按钮，大木桶的立方体中射出一束光来，投在一侧的墙壁上，上面映着他的身形。

艾尔法莉大叫一声从床上跳起来，指着投影中的男人，"你这个该死的家伙，终于肯跟我说话了吗？我先看看你有多少诚意。"

忽然最底部的立方体射出一根管子，往外冒白色的气体，艾尔法莉顿时慌了神，大叫起来："等一等——我们好商量，我没说我不听你的话……"

她还没有说完，全身已软倒了下去。那种烟可以麻醉人的神经，极短的时间就可以让人陷入昏迷。

伯格雷又按下另外一个按钮，大圆筒开启了净化空气的功能。他转身走向回廊，报时器又在提醒他去做检查工作了。

在太空中航行危险时有发生，比如说乘客浸泡在氨液中机器出了什么状况，有可能导致呼吸中断，再也醒不过来。

伯格雷一边检查着仪器，一边想着这件事。他意识到自己应该放弃这个梦想，他做了一次错事害死了一个美丽的女孩，不该再做第二次。

可能自己注定了要孤独终老，他想着望向水晶玻璃外的黑暗，发出一声重重的叹息。

死之瞳

那是一个秋高气爽的下午，卡恩干了一件极为愚蠢的事，他杀死了和妻子偷情的男人，本来他可以用别的方法杀死他的。然而他就是这么明目张胆地做了，让自己陷入了危难之中，为此他不得不四处逃亡。事情发生后他意识到：如果杀人，应该去报复他那美丽的妻子，波本只不过是一种犯罪的手段和工具，是他的妻子犯了破坏两人婚姻的罪行。等到他后悔莫及的时候，一切已经无力挽回。

这一切发生得太过突然，连他自己都被吓了一跳。当时波本到博物馆理事会开会，他是个生物学家，整天和各种动植物打交道。他的穿着有些邋遢，胡子明显没有刮干净，披着一件白色的工作服，头发乱蓬蓬地飘着。

卡恩在很远的地方一眼便认出了他来，他和职业是电影演员的妻子有染的消息传得沸沸扬扬。一看到他，卡恩的心头便涌起一股怒火，早想当面问清楚这件事了，恨不得痛揍他一顿。

卡恩径直朝他走近，感到脉搏跳得很快，面孔开始发热，脑子开始胡思乱想。一想到这个邋遢的家伙和莎拉躺在床上，两人亲密地爱抚，他只觉得头都快要炸了，全身绷得紧紧的。

而波本似乎并没有察觉到迎面走来的人带着明显的敌意，他慢悠悠地走着好像在想着什么事情，非常入神，根本没有注意到卡恩的接近。

"波本？"当波本几乎快要走到他面前的时候，卡恩终于开口了。波本明显怔了一下，眨了眨眼睛，一时间还没有想起面前这个人是谁。常年进行刻苦研究的关系，他很少锻炼，身形非常消瘦，脸色也有些苍白，根本看不出一点魅力来，这让卡恩更为恼火，他怎么也想不明白妻子怎么会和他搞在一起。

此时他脑子里都是妻子背叛自己偷情的种种画面，他用力地吸了口气，将心底的怒气压一压，让自己还不至于一见面便破口大骂起来。"你好，卡恩。"波本点了点脑门终于记起来对方的名字，微笑着打招呼，并向对方伸出手来。

卡恩紧紧盯着他那双微笑的眼睛，心里暗想：就是这对迷人的眼睛迷住了莎拉的吧。

"很高兴见到你。"波本看到对方并没有什么动作，又跟了一句。

卡恩感觉他的嘴脸是那么让人痛恨，明明霸占了别人的妻子，还要装出一副友善的样子。他冲上去抓住他的手腕，用力地往围栏边一推顺势将他掀翻过去。这一切的发生不过短短的几秒钟。

波本惊得发出一声惨叫，身体已经失去平衡。两人所在的位置在五楼，他身体朝下坠落，眼睛却一眨不眨地盯着卡恩，似乎是为了把对方的长相印在心中。不过在那双眼睛里，浮现出困惑、害怕、绝望等一系列的复杂感情。

"天哪！"卡恩听见自己发出一声低喊，他扶在围栏边向下望去，只见波本面孔朝下躺在楼底的草地上，四肢张开，身上白色的工作服一片鲜红。

一个小时之后，他出现在机场，随身只带了一只装了几件衣服的手提箱。他飞往了达拉斯，在那儿吃了一顿饭，停留不到一个小时，接着飞往旧金山。然后在午夜时飞往了卡尔加里。

他像是个越狱的逃犯，生怕自己逗留会有人突然冲出来抓住他。他想到自己如今的处境和越狱的逃犯已经没有什么区别，自己杀了人，这是不容辩驳的事实。

到达卡尔加里之后，他搭乘了一班特快列车赶往了墨西哥城。用了一个长年经商用的别名登记了一家饭店，这个名字是合法的，他到另外几个国家经商都是用这个名字。

他感到烦躁不安，站在三十多层的塔式楼顶的平台上，看着下面渺小的行人和车流，忽地有种轻生的念头。他在心底告诉自己，他还年轻，不该采取自杀这种过激的行为。即便杀了人，也不该用这种方法结束人生。

他想活着，所以他宁愿过逃亡的日子，宁愿所有人都遗忘他。

　　饭店里有信息运行的一种记录机器，就像是一部词典，包罗万象，只要把关键字输入进去就能得到相关的信息。卡恩按照机器的提示拨通了电话，被告知使用这部高科技机器的费用十分昂贵，按照每分钟计费，一分钟要花上一百美元。

　　"我要哈佛法修信息记录。"他对着机器的屏幕说道，"犯罪情况、法庭辩论还有证据细节。"

　　他认真地键入指令，看到这样一个名字"瞳目摄影"。心里一颤，对着屏幕又说："原理，技术细节还有重现影像的方法，是否作为证据被接受。"

　　他获得的信息都是一些古怪难懂的句子，他把这些打印出来。瞳目摄影是破解犯罪案件的一种全新方法，死者死去的时候如果双眼紧紧盯着那个犯罪者，很可能会把某段影像记录下来，然后再通过专门的仪器播放，就能把杀人的情景重现。

　　卡恩看着打印出来的内容，微微皱起眉来。

　　上面写道：位于大脑外层的感知路径—形象印在脑皮层或主管视觉的脑皮层—低级神经元—射入信息强弱依次递减—利用侧向弯曲的身躯存储视觉信息—信号衰弱—2044年赛斯福——海马实验……

　　"够了，该死！"卡恩把打印件丢在桌子上，疲惫地躺在床上望着天花板，他唯一清醒的就是他需要好好地睡一觉。

　　第二天上午，他按下保密滤波键给律师打电话，律师只知道有委托人打电话来，但从电话上的屏幕中看不到来电人的影像，声音也经过了特殊的处理。因为在法学界出现了一些花招，律师们往往会帮助罪犯逃难而受到某种牵连，这种措施可以尽可能地保护他们的权益。

　　"如果我要为一件伤人致命的事件负责，当事情发生的时候被害者把我看得一清二楚，有多大可能会重现'瞳目摄影'？"卡恩对着电话问道，尽量让自己的声音听起来十分平淡。

　　"事情是如何发生的呢？"律师顿了一下，"这就要看死亡过程中眼睛的损坏程度有多大了。"

　　"这不是法律特许不准泄露的内情吧？"

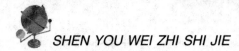

"很抱歉。这类事情身为律师一定要小心谨慎。"

"甚至在按下保密滤波键的情况下也不可以吗?"

律师的回答极为肯定,"是的。死亡的方式如果极为特殊,我又怎么能轻易得出结论呢? 如果想正确地得出结果,我必须知道更多的信息。"

"这事情并不特殊。"卡恩答道,"受害者不会引起脑外伤,我不想说得太详细,反正事情不会太复杂。"

"那这件事发生在一个大城市里吗?"

"对,很繁华的城市里。"

"那具体在哪儿呢?"

"这个我不能告诉你。"卡恩显得有些为难,"这事发生在可以重现'瞳目摄影'的一个州里,这一点我敢肯定。"

"那你是否知道死者死后多久被发现了?"

"几分钟之后吧,我想用不了多久。"

"这事发生在什么时候,距离现在有多久了?"

卡恩仔细地想了想,"就在过去的二十四小时内。"

电话另一头沉默了片刻,"那么这种可能是很大的。受害者死的时候正注视着你吗?"

"是的。"卡恩莫名地打了个哆嗦,"直直地看着我。"

"那警方可能已经发出了捉拿你的逮捕证。"律师的话音沉重有力,"如果你要我代表你发言,为你解决这个大麻烦,就把滤波程序关掉。

我首先要弄清楚你是谁,然后再商量怎么办。"

"以后再说吧。"卡恩说,"我现在不相信任何人,我想我还是相信我自己比较好。"

"你有更好的办法?"律师问。

"我可以逃跑,他们抓不到我,这是我必须做的事。"卡恩说得字字有声,"我还会打电话给你的。也许那时候会请求你的帮助。"

挂断电话之后,卡恩想到了一件重要的事情。昨晚他只顾着飞来飞去,来不及把资金转移,以便不时之需,现在正是急需用钱的时候,他身上的积蓄不多。

这是他要面对的最大难题，如果警方已经通缉他了，那么任何地方的银行存款都会被冻结。不仅这样，他在每一个机场出示的驾照也将被审查。让他唯一庆幸的是，警察并没有追踪到旅馆来，这说明了两个问题。

第一，警方并不知道他用于商务的别名，所以无从得知他的去向。第二，警方还在审理这个案子，也许"瞳目摄影"并没有显现，当然他并不抱这样的期待。

在旅店休息一夜之后，下午一点多钟他直奔机场，用公司的信用卡买了一张飞往伯利兹的机票。到那儿之后再辗转苏里南。在登机之前，他冒险做了一个大胆的举动，试着用个人的信用卡取现金，意外地发现信用卡仍然可以使用。

他把这当作是自己的幸运，一下子取了最大限额的一笔钱。当然这么做会留下线索，警方可以得知他哪一天到过伯利兹。卡恩想好了，他不会在这个地方待上很长时间，倘若一直这样躲下去，可能会逃脱法律的制裁。

只要一直抓不到他，总有一天案子会备案了事，然后渐渐被忘得一干二净。可那一天到底要多久才会来临呢？逃亡的日子现在才刚刚开始而已。

卡恩对漂泊的日子感到厌倦，他在苏里南的一家小旅馆里住了一个多星期。每天都像是等死的囚犯那样等待着警察上门，然而一切竟风平浪静。他再次使用现金出纳机，把公司里的部分资金转入他的商务别名账号上。

一天之后他乘坐快艇来到了圣洛朗，之后又马不停蹄地赶到达卡宴。他开始认真思考这件事，也许警方认为他失踪了？想必会与波本的死联系在一起，只是还不能肯定他就是杀人凶手。

卡恩以为会恨自己的妻子，然而他错了。每当深夜来临，他总会想起莎拉来，想着两人在一起的种种画面。

他开始反思自己，为什么妻子会和一个其貌不扬的邋遢鬼相好。人人都说波本是个心地善良的人，天真得就像是个孩子，美貌的妻子为什么会对他着迷呢？

他坐在酒吧的角落里，看着不远处跳舞的俊男靓女，猜想可能是自己一直忙于工作冷落她了吧。或是自己生性多疑的性格激发了两人的矛盾，以至于到了不可收拾的地步。此刻他多想对妻子说，"我爱你，宝贝儿。我们还可以重新开始吗？"

"先生，您再来一瓶吗？"年轻的服务小姐站在他身旁，犹豫了一下问道。

卡恩从沉思中回过神来，摇摇头，"不了。"他望着桌子上的果盘，上面堆着香肠、面包还有牛排，从前他从不吃这类东西，很注重营养的搭配，如今……

"再来一瓶吧。"卡恩苦笑着切下一段香肠，索然无味地嚼着，把剩下的小半瓶酒一饮而尽，呛得他连连咳嗽。

走出酒吧，他感到头疼得厉害。沿着灯光闪烁的人行道散步，从珠宝店走出来的年轻女人看上去很像他的妻子。她穿着金色刺绣的紧身裤，雪白的脖子戴着一串蓝宝石项链。连走路的样子都很像，他有种冲动想跑过去确认那到底是不是莎拉。

这时候一个高个子男人朝那个女人跑来，他们挽着手说说笑笑，渐渐消失在街角的一侧。卡恩望着他们的背影出神，仿佛在他们身上看到了自己的影子。

四周之后，在蒙特利尔，他按下保密滤波键，往家里打了一个电话。心里说不出的紧张，他也不知道要说些什么，只是想听听妻子的声音。

然而电话并没有打通，他试着拨了办公室的电话号码，一个机器人的脸孔出现在屏幕上。

"您好，卡恩先生此时无法接电话。他现在不在公司，很抱歉。"

"帮我找一下经理助理萨克。"

"请稍等。"

很快屏幕上出现一张忧愁的脸，眉毛拧成了一团，整个人看上去无精打采。

"您好，我是卡恩经理的助理萨克。"

"您好，我是卡恩的商业伙伴。我想知道他最近发生了什么事？为什么一直联系不到他？"

萨克叹了口气说道："是这样的，先生。有人控告他犯罪。"

"是这么回事啊……"卡恩眯起眼睛，心乱如麻，"那打扰了。"

挂断之后，他又拨通了律师的电话。

"我打电话想询问一下有关卡恩的案件。我想你不用花费心思猜我是谁，你应该很清楚。"

"你上次说过，下次打电话给我，可能会请求我的帮忙。怎么，考虑清楚了？"

卡恩咬紧嘴唇，沉声说道："先告诉我大体情况，警方是否知道了真相。我需要马上知道！"

"我想你心里已经有数了。"律师话音沉稳有力，"他们已经重现了死人眼睛里留下的杀人影像，深深地印在脑皮层组织里—摄影非常清楚，那画面是从天空作为背景拍下的，你当时的眼神看上去让人恐惧。"

"那—这么说，警察全都知道了？"卡恩有些不想面对现实，宁愿相信是自己耳朵出了问题。

"看来你的精神很不稳定。"律师停顿了片刻说道，"照片已经见报了，我可以肯定你的公司受到的损失会很大。你如果自首的话，会缓刑处理，当然你可以改造。不过这对你的事业是个沉重的打击，我想……"

"我的妻子现在怎么样了？"卡恩打断了他的话，"她对这件事怎么看？"

"她是个公众人物，据说现在在旅行。"

"她去了哪儿？"

"这个我就不清楚了。如果你想知道我可以帮你打听一下，不过你要是找我需要打另外一个号码。你手边有笔吗？最好记一下。"

"不必了，谢谢。"

律师的话音极为诚恳，"随时欢迎你打电话来，我很想帮助你。"

"我会打给你的，只是不是现在。"

卡恩继续过着漂泊的生活，他开始温习通用的几种语言，学一些简单的日常用语。他经常出国旅行或是做生意，这方面的基础非常好，他可以和外国人流利地进行交谈，对方绝对不会猜到他并不是本国人。

　　之后他去了雅典、突尼斯、意大利，账户上的资金足够支撑他十年、二十年的花销。他每路过一个城市，总能遇见像是莎拉的女人，他想也许是自己得了相思病，有时候会梦到她，梦境快要和现实混淆在一起了。

　　在伦敦，一家高级饭店门口，他看见了真正的莎拉。十一年前，他俩蜜月旅行时曾在那儿度过了一段难忘的时光。

　　卡恩再次来到这个地方，觉得眼前的一切那么熟悉。他看见莎拉从饭店的大门走出来，她那么迷人，身上穿着一件银色的外套，路过的行人总会忍不住看上几眼。她的步调优雅，由内向外散发出一股自信的美感。

　　站在她身边的是个英俊的年轻人，他们彼此挽着手并肩而行。他的头发又黑又密，不仅事业做得风风火火，爱情上也顺风顺水。迎娶了一位美丽高贵的妻子，他的脸上绽放着笑容，生活到处都充满了阳光。

　　卡恩站在酒店门前，呆呆地望着空荡荡的大门，他知道眼前出现的只是幻觉。然而他仍旧沉醉其中，不愿从幻想中醒来。

　　他看到那对新婚夫妇从他面前走过，轻盈得就像是风一样，有说有笑，幸福溢于言表。他想喊莎拉的名字，却觉得一口气憋在胸口怎么也喊不出来，他顺着两人消失的方向看去，只看见一片黑暗，自己正全身软弱无力地向后栽倒。

　　一位好心的门卫把他扶进了一辆出租车。十几分钟后，他回到了下榻的酒店。卡恩坐在床头上发呆，不知道过了多久，他拿起了电话。

　　"我劝你还是去自首。"律师说，"当然你可以长时间在外逃亡，警察抓不到你。可你却把自己搞得疲惫不堪，甚至精神出现了某些问题。再这么下去，你会就此垮掉的。"

　　卡恩只是长久地沉默。

　　"你这样逃亡，迟早有一天会被发现的。何况你的妻子也希望你回来。"

　　"她……她和您交谈过了吗？"卡恩激动地问道。

　　"是的。她想给你写信、打电话，甚至想去看看你。可你不愿意透露住址给我，你现在还不改变主意吗？"

　　"我不想见她。"卡恩说着违心的话，他只是害怕，也不知道在害怕什么。

"我一个人会慢慢习惯的。"

律师沉默了片刻，轻轻地说道："她是很爱你的。"

"但是——我是个杀人犯！可能见到她，我会开始恨她，会做伤害她的事情。"

"我想你不会的……"

"我不知道……我想我可能会的……"卡恩的话音显得有气无力。

"那不如这样吧。我代你转告她一个地址，这样她就可以写信给你了。"

卡恩眼中露出一丝喜悦，不过很快便消失了。"这是一个陷阱吧。警察想通过你抓到我，对吧？"

"你要是硬这么想，我也没有办法。"律师轻轻叹了口气。

"你没有否认，也没有承认。那就是有这种可能了？"

"不如在英国伦敦设一个信箱怎么样？"律师并没有回答他的问题，出声建议道，"如果你人在其他地方，我安排一个中间人取到信然后便托一个捷运公司寄往你在的那个地方，日子由你选择，我想这样你就……"

"算了吧。"卡恩低哼了一声，"好让警察在我取信的时候抓到我。你认为我是那么笨的人吗？我只要去取信就会暴露行踪，你可以安排多个中间人传递信件，事情不会查到你头上，我该怎么信任你呢？"

"我这么做只是为了慎重起见……"律师正准备继续说下去，电话另一头已经挂断了。

律师的某些话还是触动了他，不停地漂泊在一个又一个城市，这样只会把自己弄得精疲力竭。卡恩想到他需要定居下来，整容是个最好的解决办法。

在埃塞俄比亚的首都，他住在一家很有名的饭店里。为自己画了一幅很像是瑞士人的面孔，性情容易激动又带有法国人的优雅。完成之后，他把肖像画拿给一个服务员看，这位服务员在这里工作十多年了，和来自世界各国的游客打过交道。

"你觉得这个人是从哪里来的？"卡恩指了指肖像画问他。

"里斯本。"服务员毫不犹豫地答道，"那长长的下颌，还有那嘴唇——是您的朋友吗？八成也是个很富有的先生吧。您还像往常那样来杯白葡

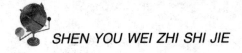

萄酒？"

卡恩静静地笑了笑，"那就来一杯吧。"

在一周之后他做了整容手术，这位给他做手术的医生非常有名，而且很遵守这方面的规矩。来改变面貌的人一般都会因为什么原因，他的好奇心并不强，很少谈手术之外的话题。

"你的绘画水平很不错。"医生看到他手里的肖像画大肆赞赏。

卡恩略微有些担心，"这是不是很有难度？"

"不成问题。"医生用一支钢笔在画上勾画着，颧骨明显被加宽了，鼻子坚挺了很多。他一边画一边说，"我想这样会好一点，比较符合你之前的脸型。"

卡恩端详着修改过的画像，点点头，"很好，只要相貌和之前不样，风险怎么小就怎么来吧。"

从开刀到愈合差不多需要一个半月的时间，手术结果让卡恩十分满意。他在镜子里看着那张略微有些陌生的脸，微微笑了起来。

在住院期间，他认识了一个年轻的护士。样子有几分像莎拉，两人交往了一段时间，后来卡恩满心愧疚地不告而别。

他仍在不停地更换居住地，巴塞罗那、悉尼、堪培拉、米兰……对这些城市他没有一点印象，只记得自己住在相同宽敞的房间，城市高楼林立都很繁华，还有路上遇到的某个人也都很像自己的妻子。

他时常在想，就算两人真的遇到了，妻子会认出他来吗？一起相处了十多年，他的样子变化了很多，也许是像陌生人那样擦肩而过吧。

他经常想这个问题，他们之间已经结束了。可能波本是无辜的，莎拉是个很需要关怀的那种人，而自己总是忙于事业而忽略了她。波本总是无意间照顾她，这一点他自己并不觉得有什么，然而莎拉却为此暗暗感动。这就是妻子会背叛自己的原因吧？

他们之间应该相互谅解，最开始的错误在于自己，而妻子的不忠也是促使悲剧发生的重要原因。他幻想着当两人真的遇见了，会彼此说什么呢？

五个月之后，在蒙特卡洛的巴黎饭店，当卡恩穿过饭店大厅的时候，看见莎拉就站在大理石柱子旁的前面。两人距离不到四米远。

他以为又是自己的幻觉，在各大城市总能看到长相很相似的人。

他在心里苦笑了下，随意地一瞥发现女人旁边的行李箱上系着一个红色的蝴蝶结，他整个人都呆住了，心里激动了一瞬，很快又平静下来。

他十分肯定面前这个女人就是莎拉，她的穿着极为朴素，脸上化了淡淡的妆。眼角出现了一道皱纹，肤色也不像之前那么白嫩了。

卡恩深吸了一口气，径直朝她走去。莎拉正低头看着手表，好像在等什么人。

"莎拉?"卡恩发现自己的声音微微有些颤抖。

她抬起脸盯着他，困惑地扬起了眉毛。

"这位先生，你好。你是……"

"认不出我来了吗?"卡恩眼神有些黯淡，沉默了片刻，"我的样子全变了，这也难怪。"

"很抱歉，我可能忘记了……"

一个高个子黑人快步走了过来，站在莎拉身前，虎视眈眈地看着这个陌生人。

卡恩认出了他，他是莎拉的保镖。想不到他也认不出自己来了，那双瞪大的眼睛仿佛在警告自己："赶紧走人，别找麻烦。"

"听听我的声音吧。"卡恩话音里带着一丝恳求，"你应该还没有忘记我的声音。虽然我的相貌完全变了。"

黑人保镖上前一把拽住了他的领口，显然是要把他赶走。卡恩并没有反抗，只是静静地看着莎拉的眼睛。

"等一等。"莎拉朝保镖摆了摆手，他放开手退到了很远的地方，不时地朝这边张望。

"你……你是卡恩吗?"莎拉犹豫着问道。

他默默地点头，看到妻子的嘴唇在微微颤动。两人的再次重逢，多了一种无法摆脱的陌生感，仿佛两人之间隔了一堵墙。

"我以为我永远都不想再见到你。"卡恩说，然后苦笑着摇头，"可是我错了。这几年来我无时无刻不在想你。我总是想当面问你，你会原谅我吗?"

莎拉睁大了眼睛，"你觉得我会吗?"

"也许……会吧。"

"你真是个傻瓜。"她的声音轻柔了下来。

"我知道我干了一件很蠢的事情。"卡恩伤心地说道，"把我的人生毁了，也把我们的爱情毁了。"

"你可能误解我的意思了。"莎拉发出一声叹息，"我真希望那些事并没有发生。这根本就不是什么大不了的事，我和他只是一时冲动，我只是想找人安慰。"

"我当时只是很气愤……"

"为这样一桩事而杀人? 就为了这样一桩事吗?"莎拉说着摇了摇头，"你逃亡的这段时间应该和我联系，我多次找过你，可是你只想着逃跑……"

"莎拉，请听我说……"

"算了，没有什么好说的了。"她朝保镖招了招手，那个黑人走过来提起了行李箱，莎拉转身朝着来接送她的汽车走去，不再回头。

卡恩望着妻子的背影，呆若木鸡。直到车子消失在视线中，他才回过神来，垂头丧气地回到住所。

一个小时后，他到了领事馆自首。那里的工作人员在通缉犯的名单上并没有找到他的名字。卡恩提醒他去翻几年前的名单才得以找到。他办理了回国的手续。

漂泊得久了，回到祖国之后他感觉来到了一个陌生的国家。等待他的是无休止的审问、商议和心理检查。他的辩护律师很出色，最终得到缓刑处罚。

他要移居到别的城市，开始自己的新生活。要接受五年时间的观察，在此期间每周都要汇报他的去向和情况。

三年的改造期转眼就过去了，当重新获得自由的时候，卡恩感到心里并不像想象中那样欣喜。他首先见到的是他的律师，两人在一个小型的餐厅见面。

"你的气色看起来比以前好多了。"律师朝他笑了笑，"我已经请求法庭让你恢复原来的相貌，当然这个权利在于你。你对此有何看法呢？"

"不必了。"卡恩回答得斩钉截铁，"我还是保持现在这个样子吧。那副相貌的人已经死了，他曾经做过很愚蠢的事情。"

律师点点头，"你能看开我很高兴。"

"谢谢。"卡恩望着窗外的日落，"有人说过，明天还是崭新的一天。过去的就让它过去吧，美好的明天或许正在等着我。"

永生不死

"你想一直生存下去吗？作为一个被制造出来的机器人这真是个很贪婪的想法。"

一个粗犷的声音打破了酒吧的喧嚣，人们顿时安静下来。这句话是一个醉酒的大汉发出的，他脸上还带着那种不屑的笑容。

这是个高度文明的时代，机器人普遍出现在人们的生活中。他们有自己的生活习惯、爱好、职业，学习能力甚至比人类要优秀很多，渐渐地人类和机器人之间产生了一种矛盾，人类创造他们起初是作为工具和试验体，而现在他们已经渐渐摆脱了人类的控制，成了一个独立的群体。

"你是在和我讲话吗？"一个高大的男子看向醉汉，从外表上看他和人类没有任何区别。

"当然，当然。"一个满脸红光的中年男人用手戳了戳左脸，"难道这儿还有别人把针扎在上面吗？"

"注意看，有好戏瞧了。"不远处的一位老者压低了声音，对身边十五六岁的女孩说。

机器人男子把注射器插到旁边的液状胶原蛋白瓶里，瓶子放在一块天鹅绒上。各种娱乐场所都会提供机器人补充能源的装置，他绷紧了脸，很不友好地瞪着醉汉。

"我只是实话实说而已，你没必要生气。"中年男人右手转着酒杯，机器人男子提高了音量，在安静的环境下显得极为刺耳，"这位先生，你可不可以把话讲得明白点。"

"怎么，我说得还不够明白吗？"中年男人放下酒杯，耸了耸肩说，"人类的寿命是有限的，机器人也是一样。你打算不停地更换零件、优化系统，永远生活在这世界上吗？这种做法实在是可笑。"

"我可以把这句话当作是挑衅吗？"机器人男子朝他走近了几步，"不介意的话，我们到外面去打。"

"哦，不——我想你一定是误会啦。"醉汉脸色有些慌张，急忙摇了摇头，"我看到你把一种白色液体注射到脸上，我……我只是一时好奇。"

老人身旁的女孩忍不住要说什么，老人在唇边竖起了一根手指。

"我觉得我的做法并不可笑。你现在有四十多岁了吧，已经开始有了衰老的迹象。过不久，你的牙齿会脱落，头发会变白，但是我呢。"

机器人男子一脸得意地说道，"任何部位只要损坏，我就把它替换掉。

我是打算永生不死，我看你是在嫉妒我。你害怕死去，而且那一天离你越来越近了，你早晚会变成一副发臭的骨架。"

"你这个家伙！"醉汉的脸完全扭曲了，他像是一头被激怒的野兽朝对方扑过去，发出一串不连贯的怒吼。

机器人男子不屑地看着迎面扑来的对手，以一种快到看不清的动作将他抓起，高高举过头顶。任凭中年男子拼命地挣扎、吼叫，都是无济于事。

"我稍微用点力气就能捏碎你的骨头，论体格我比人类要强壮二到三倍，速度也比你快。你找错了打架的对手，要怪就怪你那张臭嘴。"

机器人男子冷冷地说着，将醉汉在半空转了一圈，然后稳稳地放在地上。

"不过，我不是个喜欢暴力的人。如果你再招惹我的话，我不会像现在这样客气了。"他说完，坐回了原来的位子。

中年男人吓得脸色发白，酒也全醒了。像是个做贼的小偷瞟了瞟周围的看客们，然后一声不响地走了。酒吧很快又恢复了喧嚣，仿佛刚才根本没有什么事情发生。

机器人男子折好充电器，把一些琐碎的物品放进手提袋里，站起身准备离开。

"我刚才听见你说永生不死，这是真的吗？"这时候一个老者走了过来，脸上带着友善的笑意。

"有谁不想这样呢?"机器人反问道。

"我可以坐下来和你聊一聊吗?"老者用手指了指他身旁的座位。

"请便,我并没有什么急事。"机器人男子耸了耸肩,朝老人身后的女孩一笑,"你也请坐吧。"

"谢谢,初次见面还是做个自我介绍比较好——"

"不用了。"机器人男子摆了摆手,"我知道你是谁,见到你很高兴,迪亚尼先生。"

老人笑了笑,"想不到你认识我,真是意外呢。"他向身旁的女孩做了个手势,"这是我孙女,名字叫莎莉亚。"

"我叫米罗。是塞克特公司的一名领航员,型号是——"

"塞克特公司是我建立的,生产的机器人难道我会不认识?"迪亚尼向服务员要了三杯饮料,一边说,"你们和我们人类一样吃饭、喝酒,甚至交女朋友,寿命也大体在八九十年之间,你觉得长生不死有意义吗?那样做到底是好还是坏呢。"

"当然是好了。"米罗毫不犹豫地答道,"我努力工作,购买所有的升级产品,按时更换损坏的零件,有什么理由不能让我永生不死呢。"

"我想你有些误会了,我没有别的意思。"老者听出了他话里有种挑衅的意味,"你有这样的理想是件好事情,但告诉我——你真的期望如此吗?"

米罗犹豫了一下,张了张嘴没有接话。

"我记得我死去的父亲遇到过一件有趣的事情。他是个很成功的商人,做过很多慈善事业。可如今还有多少人记得他呢?"迪亚尼轻叹了一声,"有一天他参观了一家博物馆,其中展出了一架老式的蒸汽机车,那还是上个世纪的玩意。"

"他曾羡慕机器人,可以长存在这个世界上。虽然寿命也是有限的,但毕竟比人类要长久得多。可是当他病逝那天,他在合上眼之前告诉我,他很安心就这样离开人世。人不在乎活多久,而在于活得是否有意义。"

莎莉亚专心地听着,默默地点头表示赞同。

米罗沉默了,紧紧地抿住嘴唇,陷入了深思。

"年轻人，你今年多大了？"

米罗抬起头，"十四。"

"看起来像个成熟的男人了。"迪亚尼说着笑笑，"我今年都七十三了，我的面容老了，可我的心还没老。回过头看看这些年自己走过的路，我感到很自豪，也很满足。"

"年轻人，你知道布鲁克吧。它是一台真正的人工智能，拥有独立的思维方式。然而它的全部名声和历史重要性累加起来，也不能改变它的命运，它终究会变成废品。因为机器总会随着社会的进步而被淘汰，就像是人类的死亡一样，如果都不愿死去，那这个世界的资源岂不很快就会被用完了。"

莎莉亚在一旁插话道："布鲁克没有只考虑自己的利益。它如果够自私的话，也许今天还存在呢。"

迪亚尼用手摸了摸孙女的头发，"也许你说的对吧。部件磨损可以买新的，只要市场一直存在就没问题。"

他说着看向米罗，"年轻人，你们从事着危险的运输行业，经常会发生事故，每次事故都会使消费市场萎缩。部件会越来越少，你该怎样面对这样的境况呢？"

"我可以定做，不行的话可以换些老式的零件……"

"好吧。"老者摊了摊手，"你之所以会和那个醉汉争吵，不光是因为他的态度很不友善，另一方面是因为他说中了你的要害吧，你知道自己会死，而且那一天只会早不会迟。希望我这句话你不要在意，也许你活不到七十三岁，你没有我的优势。"

米罗不禁问道："什么优势？"

"良好的基因。我们出生之前会在娘胎里待上好几个月，并不像你们出世那样，简单地用零件制造。"

米罗显然有些不悦，"这还不是拜你们人类所赐。给了我们生命，却把我们当作试验品和工具。"

"我觉得你不该这样生气。"迪亚尼心平气和地说道，"追溯到几百年前，那时的机器人并不像你们现在这样拥有独立的思维，可以过自己的生活。是人类给了你们这些，难道不该感谢而是满怀恨意吗？"

"可我们为你们人类做得已经够多的了，也算报答了恩情。"米罗理直气壮地回答。

"这真是件麻烦的事情啊。"莎莉亚喝着饮料，歪着头说，"如今机器人和人类的比例是三比一，真不敢想几百年后，地球上是不是就没有什么人类了。"

"听见了吧，年轻人。这就是人类的忧虑，你觉得你可以长生不死吗？有谁真正做到了呢。"

"有的。"米罗眼睛露出坚定的神采，"我曾读过罗宾的自传，他和我一样渴望永生。他为此进行了各种尝试，得到了很多宝贵的信息。"

迪亚尼微微挑眉，摸了摸下巴，"那不妨说来听听。"

"我们体内的零件每到一定时间会自动更新一次，储存在大脑的信息就会流失一部分。脑部是整个运作的中心，当大脑的信息全部流失光的时候，我们就会死去。"

"有没有什么好办法避免呢？"莎莉亚好奇地问道。

米罗微微垂下头，"至今还没有。我想可能是零件更新不够及时才导致这样的结果吧。"

"不，我想并不是这样。"迪亚尼摇了摇头，若有所思地说，"大脑会流失信息，是一种很自然的现象。就像是定式那样不容更改，在你们的大脑里已经写好了程序，到一定的时候就会运行。"

米罗轻轻地点了点头，"或许是这样的吧。就算优化零件不停更换新产品也不是一件简单的事情。必须能买到匹配的型号才行，还要适应冷热的环境，外形可能并不会太美观。"

莎莉亚看了他一眼，笑了笑，"我觉得你现在的样子就挺好的。"

"是啊，我希望一直都是如此。"米罗脸上露出坚定的神情。

"那我们来假设一下怎么样。"迪亚尼说着开始数自己的手指，"如果真的如你所愿永生的话需要满足几个条件：一是能不断地升级，二要必须适应各种环境，再者呢要考虑周全、及时应对一些小事故。"

"米罗先生，你不考虑寻找一位伴侣吗？如果永生的话，你需要另外一个永生的女伴。"小女孩的话音听起来有些顽皮。

"我想这个就算了吧。"米罗竟有些脸红了，"我不太喜欢女人，从记事那天起都是自己在照顾自己。"

"小丫头，看来你是瞎操心啦。"迪亚尼笑了笑，表情忽地又严肃起来，"我们继续刚才的话题，你有没有想过未来的生活会是什么样子呢。"

"当然，当然想过。"米罗忍不住叫起来，"我想得很远，当资源越来越少的时候，那时候的文明可以以任何东西作为燃料，比如说岩石抑或是海水之类的。"

"你的想象力可真丰富，这也不是不可能。你说你想到了很远，在若干年后，如果打算在文明消亡后的世界生存下去，我想你必须得学会用意念控制自己，在特定的环境下任意改变和进化。"

米罗显得有些小小的吃惊，"那听起来像天方夜谭了，文明消失……我觉得这个不太可能。"

"从长远来看那是可能的，在接下来的几百年或是几千年是不会发生的。听着—"迪亚尼加重了语气，"永生的岁月就像是天空，无边无际，永无尽头。那一天迟早会到来的。"

米罗再次陷入沉默，他不敢想那时候的世界，可能变成了一片海洋，也可能是一片冰川……

老者拍了拍手，"不如这样吧。永远是很漫长的，我们把它分成一个一个时间段。一千年后想想你会干什么？"

"我……"米罗答不上来，他从来没想过。

"米罗先生应该在享受美好的生活，那时候交通极为便利，想到世界哪个地方只要几十分钟就能到达。你可以旅游，写故事，或是在海边游泳。"小女孩充满天真地说，她完全把童话里的内容搬了上来。

"我没想过，不过身边的每一个人都很陌生吧。"米罗沉默了片刻答道，话音听起来有些感伤。

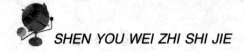

"两千年之后呢?"

"周围环境可能会变得很恶劣，我必须要适应环境的变化。但愿那时候空气里不会存在毒素，紫外线也不要太过强烈。"

迪亚尼点点头，又问："一万年后。人类可能会高度进化，作为机器人你要怎样生存在那样的环境呢?"

米罗似乎被难住了，他思索了片刻说："那样的话，我会融入到人群里，去学习他们的生存方式。"

"两亿年后呢。"迪亚尼提高了音调，"到那时候太阳用尽了氢，太阳核心开始毁灭，地球也将会被蒸发。你该何去何从呢?"

"宇宙可以生存的星球有很多，我可以搬到另外一颗有生命的星球去。"

"好吧。四亿年以后银河会与仙女星系撞击，周围的星球都会充满高能射线，或是被波及发生大爆炸。你该怎么面对这种情况的发生?"

"这……"米罗面露难色，"大概有遥远的星球可以生存吧。我可以离开银河系，我有漫长的时间可以去寻找。"

莎莉亚显然对两人的话题有些厌烦，自顾自喝着饮料，把视线转向了一旁。

迪亚尼调整了一下坐姿，耐心地说道："一万亿年，整个宇宙都会变成一片混沌，只有黑洞留了下来。"

"黑洞是很好的能源，我依旧可以活下去。"

"一百万亿年之后，宇宙的热量会完全耗尽，你又该怎么生存呢?"

米罗张了张嘴，又把话吞了回去。最后无力地说道："我会随着宇宙一同消失吧。"

"所以说，世界上并不存在永生这种东西，即便这个世界同样也是如此。"老者淡淡地笑着，拍了拍他的肩膀，"我们刚才把话题扯得太远了，不如看看眼前，我是说现在。"

"现在?"米罗困惑地愣了一下，看着老者。

"对，现在。如何过好每一天这才是你该去认真思考的事情，好好珍惜现在的生活吧，和你聊天我很开心，期待我们下次再见。"

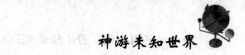

　　说完，迪亚尼起身离开了座位朝酒吧门口走去。莎莉亚跟在老者身后，回过头对米罗说道："我爷爷是个很啰唆的人，不过他的话很有道理。"

　　米罗望着两人的背影，坐在椅子上沉思了很久。

　　离开之前，他把手提袋里的更新零件丢进了垃圾箱里，在心里暗暗对自己说："人生说短很短，几十年的时光匆匆一瞥。说长也长，如果能留下很多回忆的话。我懂了，谢谢你迪亚尼先生，我想我的人生一定会很精彩的！"

异次元花园

"乔治，你难道没觉得事情有些古怪吗？"珊妮在花园的过道走着冲庭院大声叫喊，她知道丈夫正坐在靠椅上睡午觉，她的话自然不会传到他耳朵里。

她想着叹了口气，每次从花园散步回来都感觉精疲力竭，好像走了很远的路。"看来人上了年纪，连散步这样轻松的活动都快不能支撑了。"她自言自语地说着，心底不由得涌上来一丝伤感。

穿过弯曲的过道，她径直来到庭院，远远地就看到丈夫在打瞌睡，脑袋朝一侧耷拉着。近来他清醒的时间越来越少，每天从花园散步回来他都在睡觉。两人毕竟年事已高，更应该懂得相互陪伴才对。

"乔治，你醒了吗？"她走过去轻轻摇摇老伴，尽量放低声音，她知道丈夫的脾气，最不喜欢在熟睡时被吵醒。以前两人为此还发生过激烈的争吵。

乔治头发都已经花白，穿着一件米黄色的短袖，慵懒地靠在座椅上，肚子上的赘肉向前凸起。

他缓缓睁开眼睛，打了个哈欠，"我醒着呢，我不是告诉过你嘛，每次你回来我都没睡着。"

他一边说一边拿起身旁桌子上的杯子，喝了口茶，"瞧瞧，今天阳光多好啊。每天都是这样的好天气，晒晒太阳简直是种享受啊。"

珊妮苦闷地摇摇头，"我想你是睡糊涂了，我散步的时候你就在椅子上睡着了。"

"别开玩笑了。"乔治用手指了指杯子，"里面的茶还是热的呢，我当时只是闭目养神，根本没睡着。"

"乔治！"她的表情变得严肃起来，"你不觉得很奇怪吗？我在花园里走了很久，总感觉有五六个小时那么长，茶水怎么可能还热着？"

他伸了个懒腰，再次闭上了眼睛，嘟囔道："你又来了，我不是说了嘛，叫你别胡思乱想，那只是你的错觉。"

"不对！"珊妮高声叫起来，"那为什么我从花园绕了一圈回来双腿酸痛呢？你说说看呀，这是怎么回事？"

"你可能昨晚没休息好，人上了年纪，哪有年轻时候那么好的体力啊。"

"可是奇怪的不止这些。"她刚想说下去，看到乔治的脑袋又开始向一侧倾斜，她略微有些不悦道，"到底你有没有在听啊？"

"我在听哪。说说看，你又发现什么新奇的事情啦？"从乔治的脸上就看得出来，他对她想说的内容毫无兴趣。

珊妮坐在旁边的一把椅子上，神情紧张地说道："这几天到花园散步，总觉得哪里有些古怪。现在突然才发现，花啊、草啊看上去一点变化也没有，时间就好像静止了一样，你明白吗？"

乔治的样子有些疲倦，"我看你太过紧张了，为什么不像我每天出来晒晒太阳呢。出去散步就是为了放松身心，不要胡思乱想。"

他拿起茶壶给老伴倒了一杯，"我们都老了，该好好享受一下这平静的生活才对啊。"

暖暖的阳光照下来，轻柔的风带来花香淡淡的气息。乔治不知不觉又开始犯困了，闭上眼睛不再言语。

珊妮无力地摇了摇头，手指触碰的杯子的确还是热的。她望着橘黄色的茶水出神，眉头紧皱。

过了大约有三分钟，她起身走进屋子。以前从没有过多地留意周围的环境，现在一看发现了很多怪异之处。地板、桌椅以及厨房的餐具收拾得干净整洁，窗明几净。她记不起来上次打扫屋子的时间，好像有一个月之久。

她越发感到奇怪，慢慢走上通向卧室的楼梯，房间里的陈设还是老样子，每一件物品都在原来的位置。她无论如何都不相信乔治是个这么有条理性的人，窗帘拉得很严实，房间显得有些黑暗。

"老天，难道连这座房子的时间也静止了吗？"她不禁叫出声来，"还是像乔治说的，这是我的错觉呢？"

她轻轻地拉开窗帘，向外面的花园瞧了一眼，然而视线只是一片模糊。往事一幕幕随之浮现在脑海里。

她记起了几年前的事情，自从丈夫退休，两人一心只想过平静的日子，便租下了这栋位置偏僻的房子。他们随心所欲做自己的事情，很少离开这里，渐渐地和外界失去了联系。

一开始两人并没有在意，社会发展变化得太快，以至跟不上时代的脚步。他们一心享受着这样的生活，她也搞不清楚在这里待了多久，只觉得每天都在重复过去的事情，大脑仿佛已经饱和了，很多事情都记不起来。

而印象最深的就是——丈夫的午睡，他好像一直都很疲倦，每次都说自己疑神疑鬼，语气和表情都一模一样，证据就是他总要提到杯子里的茶水还是热的，这说明了一个问题。

珊妮循着这些线索很快得到了一个结论——他们如今的生活被定格在某一个瞬间了，也就是说在她踏入花园的那一刻生活过程只会不停地重复再重复。

她飞快地跑出屋子，看了一眼沉沉睡着的丈夫，快步朝花园走去。她从来没有一天进出过花园两次，搬到这边来的时候，房东是个性情奇怪的老太婆，曾一度劝两人不要租住这里，还说了一些奇怪的话。

房东说几年前曾有一个奇怪的人租住过这栋房子，他每天待在屋子里搞什么实验，到后来那个人突然失踪了，她只看见他早晨去花园散步，然后就再也没见到他。

她一边回忆着一边沿着过道前行，含苞待放的花朵仍旧没有绽放，连脱离树枝的枯叶仍在原地动也没动。

一切如她所想，花园里的事物都完全静止了。这座花园有好几条路可以走，她觉得循着第一次走进花园的那条路朝回走可能就会打破这种静止，然而她忘记第一次来都到过哪里，还好分岔路不算太多，她反复进行了实验，从花园进出不下十几次。

正当她心灰意冷，打算放弃的时候，在回去的路上看到两旁的景色完全不一样了。花朵鲜艳地开了，太阳渐渐隐没在云中，她来到庭院，急切地打量着睡觉的丈夫。

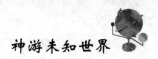

意外的是，他并不在。桌子上的茶壶和杯子也不见了。

"一切恢复正常了吗？"她心里起疑，想到那个人意外的失踪，没准儿在这花园里可以在过去和未来穿梭。不过她现在可不关心这个，只想知道老伴在哪儿。

"亲爱的，你愣在那里做什么？"随着话音的响起，屋子的门被推开了。

"乔治，一切恢复正常了吗？"珊妮紧张地问道，急切地盯着他的眼睛。

乔治挠了挠头，"我不太明白你的意思，我只是睡了一觉。你不是去花园散步了吗？这是我们来这里的第一天，亲爱的，我们去钓鱼怎么样？"

"好，你说什么我都答应你。不过前提条件是，我们必须早点搬离这里。"

"为什么？"乔治摊了摊手，"我喜欢这儿。"

"求你了，去哪里都行。"珊妮了解丈夫的为人，就算和他解释这些他也是不会相信的，"我想去看看儿子，陪我一起去吧。"

"原来是想孩子了啊。"乔治赞同地点点头，"那我去收拾行李。"

珊妮望着丈夫的身影消失在门前，回过身看着花园，暗想还是离开这里的好。再进去的话，还不知道会发现怎样的情况呢。两人只想安安静静地过完余生，也许有一天某个房客会揭开这个谜团吧。

奇怪的科学侦探

夜幕降临，正是城市交通拥堵的时候，马路上走着的多是些下班的职员和放学的学生。在一条狭窄的巷子里，一个穿着笔挺大衣的男子快步走着，头上戴着一顶黑色礼帽，鹰钩鼻下是两撇油亮的小黑胡子。

他戴了一副墨黑色的眼镜，一边走一边打量着道路两旁的店牌。走着走着忽然发现了什么，急忙停下身子。

他摘下眼镜出声读着门上张贴的广告："千万不要错过！佛勒博士将展示自控龟，这是继超智能机器人之后的伟大发明，禁止携带照相机和录像机入内。"

"就是这个叫佛勒的博士了，我倒要看看他能搞出什么新花样来。"

他轻轻地推开门，暗自说道，"我可得详细摸清这个自控龟的底细，否则上司怪罪下来我可就吃不了兜着走了。"

几分钟后，他已经找了个僻静的角落坐了下来。来观看的人并不多，这个佛勒博士经常搞出一些稀奇古怪的发明，多次被刊登在报纸、杂志上，算是小有名气，不过和那些科学家比起来简直是天壤之别。来观看的人大多是些这方面的爱好者。

站台上灯亮了起来，从侧门里走出一个消瘦的老头子，看起来至少有五十多岁了。

"各位，你们能来我很高兴。"佛勒教授双手撑在桌上，前倾着身子，大声招呼道，"接下来，各位将欣赏到 20 世纪的奇迹——这次不是机器人，而是有生命的机器动物。"

那个戴墨黑眼镜的男人，调好了相机，先朝教授本人来了一张。

"帕恩！"教授朝门前的黑人喊道，"开始吧。"

厚重的门帘被一种小型机器卷了起来，从门帘下面爬出来两只乌

龟。房顶的吊灯照在乌龟背上，使它看上去有几分光彩。很显然是里面的电路指示灯在闪。

"各位，请听我详细地讲解。"等乌龟爬向展台，教授才缓缓说道，神情看起来格外激动，"龟体内装的是微型线路。不要小瞧这乌龟，它和真正的龟毫无差别。"

"它靠光调控。"教授说着按下桌子的开关，一盏小型的台灯亮了起来，乌龟立即改变了爬行方向。"还有一点要说明。"他加重了语调，"它还有饥饿感，当然食物不会是草了，而是炭化锌，喝的水呢是酸。"

两只乌龟一前一后朝亮光的地方爬来，第一只仰起头叫了一声，第二只也跟着叫。教授把两个小碟子放在它们面前，果然乌龟开始吃喝起来。

"真是个无聊的老头。"戴着墨黑眼镜的男子嘀咕了一句，不忘把这发生的一切拍摄下来。

"很感谢各位前来，表演到此结束。我想过不久，我会在这上面加上很多功能，敬请期待吧。"佛勒高声宣布道，"各位同仁，谁有问题尽管提出。"

观看者们纷纷离座走人，来这里只是图个热闹。有一个科学发明的爱好者提出了自己的疑问，"我想知道这两只龟可以生蛋吗？"

此话一出引起哄堂大笑，佛勒教授笑着说道："也许下次你就可以看到了，从原则上讲不是不可能的。"

很快人们都走空了，房间瞬间冷清下来。戴着墨黑眼镜的男人躲在一个不起眼的角落里，看着教授整理完东西走了之后，他才从黑暗中走出来。

他径直来到站台，从口袋里掏出螺丝刀，将一只乌龟翻个背朝下，开始拧底部的螺丝，一边用另一只手按下快门连拍。

"里面的电路并不是很难嘛。"这个人不屑地说道，"不过装了三种条件发射系统而已。哟，还有一个饥饿敏感系统，真是个老顽童……"

屋顶的灯突然全亮起来，佛勒从一扇门后面冲出来，大声喝道："你是什么人？想干什么？"

那个男人放下手里的工具，无赖地笑笑，"亲爱的教授你干吗发那么大火

啊，我们是老熟人了。我是贝托啊，我每次的发明都稍逊你一筹，真叫人不甘心哪。"

"我跟你可不熟。"教授脸色一沉，"帕恩，把绳子拿来，把他绑了！"

贝托急忙向后退了几步，从口袋里拔出枪，叫道："别让你那个黑奴过来，往后站。"

帕恩并没有被吓倒，猛地扑过来，枪声几乎同时响起。两人抱在一起在地上打了个滚。

接着又是一声枪响，佛勒教授刚要冲过来，胸口便中了一枪，朝后栽倒。

"为这么点事我竟然杀了人。"贝托嘴上显得有些内疚，脸上却露出笑容来，他胡乱地从龟腹里抓了几个零件，想立即离开现场。

"啪嗒"一声，教授的脖子竟然动了动，然后整个头颅滚落在地上。

"见鬼！是机器人！"贝托大吃一惊地说，急忙蹲下身子，翻开机器人的内脏，拍照并作了笔录。

"想不到这老家伙都能做出这样的机器人来，简直跟真人一模一样。"他的话音充满嫉妒，用外套把机器人的头颅包好，大步朝门口走。

他正得意着，有人从黑暗里猛扑上来，还没等他反应，身子已经被绳子绑得结结实实。站在面前的是个消瘦的老头，和那个机器人的相貌一样，当然这个才是他本人。

"我就知道你会来，你的主人在发明上总输我，知道为什么吗？因为他总想投机取巧。"佛勒冷冷地挖苦道，"我倒要瞧瞧你的主人派你来，都在你身上安装了什么玩意。"

说着，教授粗鲁地摘下他的眼镜，用力一拽假胡子便掉了。然后从衣袋里掏出一把钳子和螺丝刀，一手一个，在他眼前晃了晃。

"老天！求求你饶了我吧，我只是替主人刺探情报而已。"贝托的机器人苦苦求饶，身子微微哆嗦起来。

"那家伙不错嘛，能把你发明出来，真是让我大吃一惊。"教授抓了抓下巴的胡子，"我该从哪里下手好呢？"

"别，别！我是个真人啊，是他雇我来的。"

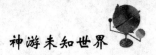

"不错嘛，他的机器人可以像人类那样撒谎、求饶，有意思！"佛勒一副满心欢喜的样子。

他听了几乎快要哭出来，"我真的不是机器人。求求你，放过我吧。"

"好了，一个大男人胆子这么小。朝我开枪的时候倒是挺威风的。"佛勒教授把双手的器械放到桌上，"那就告诉我点贝托的事情，他的进展怎么样了？"

"贝托先生还是以发明机器人为主，他预言不久的将来机器人会普遍存在。他最近……好像在研究高智慧的机器人。"

"真是乱来。机器人智慧要是比人类高，再具有良好的独立思索能力，对人类而言只会是一个大麻烦。"

教授若有所思地说着，帮他解开捆绑的绳子："你回去告诉他，我期待能和他合作，为科学出一份力。"

画 魂

"快看那幅油画，以前我怎么没有注意到呢。"安东尼在博物馆的回廊里走着，突然停下身子惊叫起来。

他的同伴约翰顺着他的目光望去，"你指的是哪一幅？"

"左上角的那幅。"他显得异常激动，盯着那幅画入神，"我有种很奇怪的感觉，那幅画好像在向我传递着某种信息。"

约翰眨了眨眼睛，打量着油画，从画风上看偏向抽象派，感觉没什么特别之处。

而安东尼则是全神贯注于它的效果上，整幅画仿佛笼罩了一层淡淡的光。

油画上描绘的是一片荒无人烟的沙漠，在黄色的沙丘上端摆放着一个巨大的棋盘。有一位老者正缓慢地爬行越过棋盘的中心，他看上去精疲力竭，脸上的表情极为痛苦，双手高举似乎在向神明祈求帮助。

在万里无云的天空站着一位身穿白袍的男人，他戴着一副怪异的假面，正凝视着身下的世界。并以一种嘲弄的微笑俯视着那个一脸无助的老人。

"这幅画很有意境，应该有某种深意吧。"约翰摸着下巴说，"你看出点什么了吗？"

"它有着很传统型的象征。"安东尼看了他一眼说道，"资历尚浅的人终究无法看明白这幅画。"

他这句话有所暗指，道出了自己坎坷的命运。安东尼是一家很有名的学院哲学系的教授，他性情温和，不喜欢争强好胜，如今已经六十二岁，在哲学领域里面还没有发表过专业性的研究论文，从而受到学校的轻视以及同事们的嘲笑。

他是个很有能力的人，然而为人处世方面不够圆滑，显得有些固执。很多机会都错失掉了，说实话，他并不喜欢约翰，这个正年轻的男人已经成为先锋派唯理智论的代言人。论能力的话，还不及他的一半。

在学校召开的专家研讨会开始之前，约翰邀请了他来参观学校艺术博物馆，他是很不情愿接受这个邀请的。

安东尼推了推金属边框的眼镜，说道："下棋意味着一种比赛。所以棋盘象征生活的竞争，棋盘上的那个老人代表人类，两者结合在一起意指人们生活的困苦。"

听了这番解释，约翰不解地问道："什么样的艰难困苦呢？至少我现在的生活就很好，应该是泛指某个人群吧？"

"这不是最主要的。"安东尼紧紧盯着那幅油画，"人类抬头仰望天空，而天空之上正有一个神秘的来客存在，你应该知道是什么意思了吧。"

"我不明白。"约翰摇摇头，"天空中那个身穿白袍，戴着面具的人是谁？他在做什么呢？"

安东尼沉思了片刻说道："他象征着外星人，他在观察地球上人类的生活情况。"

约翰微微皱起眉头，交互看着画和安东尼，"你的解释让我很迷惑，怎么又和外星人扯上关系了呢？"

"这是我对这幅画的理解，当然每个人的领悟都不相同。"他如此回答道，很明显他也无法把自己的认知说清楚，只是觉得那个天空中的人就代表着外星人。

约翰看了一眼手表，提醒道："我们该走了，不然参加研讨会会迟到的。"

"那就走吧。"安东尼跟在他后面，回过头望了那幅画一眼，总觉得他和棋盘上的人有着某种密切的关系。

近几个月来，他尝试了很多与外星人交流的方法，有些是他独创的，当然未曾有过成效。不过他打算今晚回去再试试，暗暗觉着这次说不准会成功。

当天下午在研讨会上，安东尼提到了自动书写的实验，他是从一本很古老的书籍上获知了这种同外星世界联系的方法。然而他提出这一点时，引起哄堂大笑，同事们都笑他看的准是一本科幻小说。

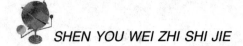

之后他就再没吭声，被轻视和嘲弄又不是第一次了。他坚信自己有一天会证明给他们看的，让那些愚昧的教授们知道他的话句句属实。

专家研讨会结束后，他匆匆忙忙赶回了家。自动书写的实验需要一部打字机，他把写字台上的东西都移开，把打字机放在上面，然后

找一把椅子坐下来，双手放在键盘上。

此时他的脑海里一直闪现那幅画的场景，安东尼慢慢闭上眼睛开始沉思和冥想。他期望自己的手指会在键盘上无意识地移动，然而什么都没有发生，和以往的尝试一样。

不过他没有放弃，屏气凝神，力求专心致志，借以增强自己的接纳能力。他不知道过了多久，仿佛很短，又似乎很漫长。手指突然有了奇妙的触感，不受控制地移动起来，在键盘上轻轻敲击。

当手指终于停下来的时候，安东尼睁开眼睛，激动不已地看着打出来的字句。

"我们一直等候着一位人类和我们接触，我们是外星人，外表和相貌是你们无法想象的。故而以隐身的方式存在，我们很想借助你的自动书写方法和人类通话。"

"天哪！我成功了！"安东尼几乎快要哭出来，他竭力把声音压得很低，这说明了什么？说明了他的方法是正确的，也将说明他会成为世界上首屈一指的大名人。

不过句子中的一个词让他有些费解，那个看不见的隐形人用了"我们"二字，难道是说……

他正想着，手指不受控制地动了起来，很快纸上又出现了一行字，这次他眼睁睁地看着这一幕，不禁目瞪口呆。

"我和我的同伴们在这儿，有一个人在控制着你的手打字。我们来到了你们的星球，能看到你们的世界未来将发生的事情，而这些事你们知晓得越早越好。"

安东尼读着这句话感觉后脊梁一阵发凉，他是和好几个外星人在接触。而且对方能洞察他的心思，不管他心里想什么对方都一清二楚，这简直太不

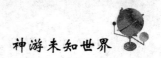

可思议了!

"这些外星人打算告诉我什么事情呢?"他在心里问自己,疑问刚形成的时候,手指便同步打出了下面的文字。

"我们的确能够预知你们的世界未来的事件,这一点请你不要怀疑。如果你们世界的人们知道了将要发生的一切,会尽早做准备应对。我们打算口授给你今后七十年的年鉴,将由你把此年鉴转达给其他人。"

安东尼仔仔细细地读着每一个字,他的思想正在复杂离奇的事物中间飘忽。而他的手指又开始动起来,他不得不把视线转向页码上出现的这些字眼。

"今天到此为止。我们的突然出现让你一时无法适应,你的大脑有些混乱,明天晚上的这个时间我们再继续通话吧。"

他的双手打完了这些单词之后,感到一阵酸痛。整个房间突然间显得格外地安静,他坐在椅子上发起呆来,想着这一切的发生究竟是不是自己的幻想。

整晚他都没有睡觉,预感到自己的人生就要发生巨大的转折。他将得到未来七十年的年鉴,他是同外星人联络的唯一一人。他的名字会传遍全国、名扬世界。财富、地位还有名望都只是囊中之物。

不过他意识到一件很重要的事情,他如何将这件事讲给别人听呢,没有任何确凿的证据是无法让人信服的。同事们会认为是他杜撰了所有的一切,更会大肆嘲笑他上了年纪产生了幻觉。

第二天,他来到图书馆去翻开那本讲授自动书写技巧的文章,正巧在门口碰到了约翰。

"嘿,你看起来没有休息好啊。"约翰朝他笑了笑,"我一直在琢磨我们昨天见到的那幅油画,我也问过几个朋友。天空中出现的那个白袍、戴着面具的人你还记得吗?"

"当然了,那还是昨天的事情,我还没有老糊涂。"

"你说那个人是外星人,沙漠中的人类在向外星人寻求帮助。是这样的没错吧?"

安东尼点点头:"是这样的,没错。"

"我觉得事实并非如此，照我看来，沙漠里的那个人在祈求神灵帮他脱离苦海，你不觉得这样的解释更加合情合理些吗?"

安东尼只想赶快找到那本古书，没空和他在这里闲谈。敷衍地应道:"你的想法很独到，我觉得你说得很对。"

约翰显得有些得意，故作谦虚地摆了摆手，"就像你说的，每个人的领悟都不一样。你这是去找资料吗?"

"是的，你呢?"

约翰晃了晃手里的提兜，"我已经找到了，是几本关于科学的刊物。那我们有空再见吧。"

"好的。"安东尼说完头也不回地进了图书馆，他现在迫切想找到他和外星人接触的证据，希望能从书籍上得到些许启示。

然而书籍上只是简单地记载了这种实验，而且只是作为一种假定存在，模糊地提到有人曾经用这种方法和外星人通话。不过他很快想到了一个方法，外星人的文明要强于人类数倍，他们对各个领域的知识一定也了如指掌。

如果他提出几个高等数学方面的问题呢，就连国际最富有名望的数学家都无法破解的难题，而他却能给出让人信服的答案，就这一点来说他得到了外星人的帮助这一事实就会让人们信服。

他可以多问些这类问题，来证明自己得到的答案并非出自巧合。当晚，安东尼在预定的时间坐在了打字机旁边。准备工作和昨晚如出一辙，他把手轻轻放在键盘上，等待着外星人的降临。

没过多久手指开始动起来，在键盘上快速地敲打，安东尼不再那么吃惊了，静静等待着字条上显示出所有的字。

"今晚你如期而来，我和我的同伴们都很开心。我们将告诉你关于今后十年的年鉴。"

安东尼不动声色地把字句读了两遍，心里激动异常。他想到首先得弄到证据，不然这份年鉴对自己一点用处也没有。他在想着该怎么向外星人提出这个要求呢?

这时候纸上又打出了一行字:

"你在为寻找某种证明我们确实存在的证据而苦恼吧，你大可不必这样，人类会相信你所说的。"

安东尼在心里苦笑了下，他是一定要弄到证据的，没有证据他该怎么把这些消息传达给别人呢，不用想也知道得到的只会是嘲笑和轻视。

"我们将口授给你的年鉴是你需要的有力证据。耐心地等上两三年吧，当人们发现你所说的事一一实现之后，他们就会相信了。"

看完之后，安东尼显得有些焦躁。他心里想：让我等上两三年，算了吧。我都六十多岁的人了，身体一天不如一天，到那时候健不健在还不一定呢。

他迫切想要证明自动书写法是准确无误的，这将开启和外星人谈话的窗口，他的名字也将永垂千古。

我不能等，我现在就需要证据。他在心里说着，把这个想法传达给外星人们。

"当初我们选择和你接触，是因为你看到了那幅画存在的灵魂。我们感兴趣的只是给你们的星球提供事实，让人们尽早知晓，有办法去应对。我们对你这种渺小而乏味的学术上的猜疑不感兴趣。如果你想借此去谋求别的利益，我们将另找别人。"

"好吧，好吧。"安东尼烦躁不安地叫道，"我听你们的好了吧。"

然而他的声音一响，放在键盘上的双手顿时变得软弱无力，瘫软地垂了下去。整个房间很快恢复了寂静，就像有人推开门走了似的，无声无息。

"不！别这样。"安东尼慌张地高喊道，"回来！我都听你们的，快回来！"

他把双手重新在键盘上放好，等待它再次动起来，然而随着时间的流逝，什么都没有发生。

"请你们——"他声音有些嘶哑，"别这样啊……全完了……"

他们走了。安东尼不得不承认这个事实，他痛苦地抽回放在键盘上的双手，茫然无助地盯着那台打字机。

他很后悔，他的疑虑把他们驱赶走了，可能余生都不会再见到他们。他在事业上的飞黄腾达瞬间化为泡影，安东尼摘下眼镜，无力地坐在地板上，

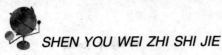

把头深深埋在掌心当中。

第二天他取消了整天的课程，早早地跑到了艺术博物馆。他心里存在着一丝希望，那幅画或许还会给他指引。

当他再次凝视那幅画的时候，脸色顿时变得极为难看。油画还挂在原来的位置上，棋盘上的老者仍在痛苦地挣扎着。而天空中那位戴着面具、身披白袍的男人却不见了，他的身影完全融在了天空中。

"他们走了！"安东尼对着油画呢喃自语，这是他一生中最大的遗憾。未来的十年又会发生什么呢？一切都是未知。